诺贝尔文学奖获奖者小说丛书

河边的台阶

[印度] 泰戈尔　著
王娱瑶　译

The River Stairs

RABINDRANATH TAGORE

江苏文艺出版社
JIANGSU LITERATURE AND ART PUBLISHING HOUSE

图书在版编目（CIP）数据

河边的台阶 /（印）泰戈尔著 ；王娱瑶译. -- 南京：江苏凤凰文艺出版社，2013.11（2022.8重印）
ISBN 978-7-5399-6327-3

Ⅰ. ①河… Ⅱ. ①泰… ②王… Ⅲ. ①短篇小说－小说集－印度－现代 Ⅳ. ①I351.45

中国版本图书馆 CIP 数据核字(2022)第 145793 号

书　　名	河边的台阶
著　　者	（印）泰戈尔
译　　者	王娱瑶
责任编辑	孙金荣
出版发行	凤凰出版传媒股份有限公司 江苏文艺出版社
出版社地址	南京市中央路 165 号，邮编：210009
出版社网址	http://www.jswenyi.com
经　　销	凤凰出版传媒股份有限公司
印　　刷	三河市燕春印务有限公司
开　　本	880 毫米×1230 毫米　1/32
印　　张	6.375
字　　数	140 千字
版　　次	2013 年 11 月第 1 版　2022 年 8 月第 2 次印刷
标准书号	ISBN　978-7-5399-6327-3
定　　价	49.00 元

目　录

河边的台阶……001
回家……008
饥饿的石头……017
喀布尔的水果小贩……032
拉什玛尼的儿子……042
马沙老师……074
纳杨约尔的巴布们……094
弃绝……107
胜利……117
视觉……126
苏芭……152
她还活着吗/生或死……160
邮政局长……175
纸牌王国……182
骷髅……193

河边的台阶

假如你想要知道过去的故事，那么就坐在我这台阶上吧，请侧耳倾听那汩汩的水流所讲述的一切。

阿什温月[1]就要到来了。河水已经涨满。我只剩四级台阶还留在水面上。水流爬过河床的低洼处，那里的芒果树下密密麻麻地生长着腰果树苗。就在那河流弯曲的地方，三个古老的石堆高高立起在水中。几艘渔船停歇在岸边的白杨树旁，随着黎明时分涨起的潮水左右摇晃。沙洲上一排修长的野草瞥见了刚刚升起的太阳；野花正含苞欲放，只是还未到盛开的旺季。

一些小船在洒满阳光的河面上轻快地滑行。婆罗门神父带着他的例行船队来沐浴了。女人们三三两两地来到河边汲水。我知道这也是库苏姆过来洗浴的时候。

可是那天早晨我没见到她。布邦和斯瓦诺在浴池边哀叹着，说她们的朋友已经被送去了夫家，那里离恒河很远，全是陌生的

① 阿什温月，即九月。

人，陌生的房子，以及陌生的道路。

有段时间我几乎渐渐忘记了她。一年过去了。浴池边的女人们已经很少提到库苏姆了。可是有一天晚上我吃惊地触到了那双无比熟悉的脚。啊，是她，可是她的脚上已经没有了镯子，没有了曾经的叮当声。

库苏姆成了一个寡妇。她们说她的丈夫在一个偏远的地方工作，每年只能见到一两次。她在一封来信里收到了他的死讯。于是这个八岁的寡妇擦去了她额头上新娘子的朱砂痣，脱掉了她的脚镯，回到了她恒河边的家乡。可是她昔日的朋友已经寥寥无几。布邦，斯瓦诺和阿玛拉都嫁了人，离开了；只有萨拉特还在，可据说她明年十二月份也要出嫁了。

随着雨季的到来，恒河里的水迅速丰盈起来，库苏姆也一天天地出落成年轻美丽的姑娘。可是她那素色的长袍，忧愁的面容，和安静的姿态遮盖了她的青春，也像雾霭一样使她避开了男人们的目光。十年一晃而过，似乎没有人注意到库苏姆已经长大了。

在一个遥远的九月底的早晨，不知从哪里来了一位高高的，肤色白皙的年轻僧人，住进了我前面的湿婆神庙。他来到的消息在村里传开了。女人们都丢下自己的水罐，挤进庙里去参拜这位圣人。

参拜的人群每一天都在增长。这位托钵僧在妇女们中间出了名。有时他会在庙堂中背诵《薄伽梵歌》，有时又会细细讲解《吉塔》，或者是手持一本神圣的经书。有些人从他这里寻求忠告，有些人询问咒语，还有人来寻医问药。

好几个月过去了。在四月份日食出现的时候，有大量的人来到恒河这儿沐浴。人们在白杨树下举行了一个集会。许多朝圣者来拜访这僧人，在他们当中还有一群女人正来自库苏姆曾经出嫁的那个村子。

这会儿正是早晨。僧人坐在我的台阶上数念珠，这时候突然有一个朝圣的女人轻推了她身边的人，说："不会吧！他就是我们库苏姆的丈夫呀！"另一个人用两个手指轻轻扒开面纱的中缝，叫起来："我的天哪！可不是嘛！他就是我们村查特古家的小儿子啊！"第三个人稍稍显摆了一下自己的面纱，说道："啊！他就长着一样的眉毛，鼻子，和眼睛！"可是另外一个女人并没有转身去瞧僧人，她用水罐搅动着河水，叹道："唉！他不再是那个年轻人了。他不会回来了。苦命的库苏姆！"

可是也有反对的声音，"他没有这么厚的胡须"；还有，"他没这么瘦"，或者，"他貌似没有这么高吧。"争论就此告一段落，这件事也没再流传开。

有天晚上，当满月升起的时候，库苏姆坐上我露出水面的最后一级台阶，她的影子落在我身上。

那时候浴池里没有别人。蟋蟀在我身边啾啾地叫着。寺庙里的钟鼓声渐渐停止——最后一声回响正变得越来越微弱，直到它像声音的影子一样没入了远处岸边的昏暗丛林。月光在黑漆漆的恒河中投下一条闪亮的水波。在河岸上，灌木丛和篱笆里，水池旁边，棕榈丛中，在寺庙的门廊下，在断壁残垣旁，聚集着许多奇形怪状的影子。蝙蝠在七叶树的树枝间摇晃。豺狗的叫声从居民区的不远处响起，随即又消逝在寂静里。

僧人缓缓走出了寺庙。他走下浴池的台阶，看见一个女人独自坐着，便准备离开，这时库苏姆忽然抬起头来，看向身后。她的头纱滑向一边。月光落在她仰起的脸庞上。

猫头鹰叫嚷着从他们头顶飞过。被叫声惊吓的库苏姆回过了神，重新戴上面纱。然后她朝着圣人的脚深深鞠躬。

他为她祝福，问道："你是谁？"

她答道："我叫库苏姆。"

那天晚上他们再没说一个字。库苏姆慢慢地走回她不远处的家。可是僧人仍然坐在我的台阶上，坐了很久。直到月亮从东边移到西边，僧人的影子从身后转到他的面前，他才站起身来，走进了寺庙。

从这以后库苏姆每天都来朝拜他。当他讲解神圣的经书时，她就站在角落倾听。每当晨祷结束，他会把她叫到面前，讨论着信仰。她并不能完全理解他的话；然而，她静静地留心听着，并尝试着去理解。对他的指示，她都毫不犹豫地去践行。她每天都在庙里服务，为敬神的礼仪而随时候命，比如收集礼拜的鲜花，并去恒河中汲水来清洗寺庙的地面。

冬天临近了。凉风扑面而来。不过在一些夜晚也会有意外的暖风从南边吹来；这时天空不再是肃杀的样子；村庄在长长的沉寂后便又响起管乐声和歌唱声。船夫停止了划桨，让他们的船随波逐流，并唱起克利须那河之歌。这便是那个季节。

那时候我开始想念库苏姆。她很长一段时间不再去拜访寺庙、浴池，或是僧人。

我不知道后来发生了什么，可是过了一阵子，有天晚上他们在我的台阶上相遇了。

库苏姆一副哀伤的表情，问道："主人，是你唤我来吗？"

"是的，为什么我见不到你了？为什么你最近不再理睬祭神的活动了呢？"

她没有说话。

"告诉我你的想法，不要有任何隐瞒。"

她半转过脸，回答道："我是个罪人，主人，所以我不能够再去祭拜了。"

僧人说："库苏姆，我知道你是有心事的。"

她微微一惊，将纱丽的一端从脸上揭起，然后坐在僧人的脚边，哭泣起来。

他稍稍挪开了一些，说："告诉我你的心事，我会为你指引通往平静的道路。”

她以一种毫不动摇的坚定口气诉说起来，时而停顿下来寻找词汇：“听你的吩咐，我必须大声说出来。可是，我无法清楚地解释。你，我的主人，你得推测出全部的事实。我爱慕一个人，当他是神，我崇敬他，心中充满了忠于他的幸福感。可是有天晚上，我梦见我心中的主人坐在一个花园里，他的左手紧扣着我的右手，对我低声倾诉爱意。这场景对于我似乎一点也不陌生。梦境消失了，可它对我的影响留了下来。第二天当我看见他时，眼中的他已不再是以前的那个人。梦中的图景一直萦绕在我脑海里。我在恐惧中躲得离他远远的，而那图景仍然缠着我。从那时起我的心再也无法安宁，——我内心的一切都变得黑暗了！”

当她拭着眼泪讲述这故事时，我能感觉到僧人的右脚重重地踩着我的石头表面。

她讲完了，僧人说：

“你必须告诉我梦中见到的人是谁。”

她双手紧握，恳求道：“我不能。”

他却坚持着：“你必须告诉我他是谁。”

她绞着双手，问：“一定要说吗？”

他答道：“是的，你一定要说。”

“他就是你呀，主人！”她扑倒在我的石头怀抱里，呜咽起来。

等她清醒过来，站起身时，僧人缓缓地开了口：“今天晚上我就离开这里，你不会再见到我。要知道我是一个苦行僧，并不属于这世界。你必须忘了我。”

库苏姆低声回答道：“我会的，主人。”

僧人说：“那我告辞了。”

库苏姆再没对他说一个字，只是深深鞠躬，拾起他脚边的尘土放在自己额头上。他离开了那地方。

月亮落下了；夜色渐深。我听见了一阵飞溅的水声。风在黑暗中呼啸着，仿佛想要吹灭天上所有的星星。

回　家

帕提克·查克拉沃提是村里男孩子们的头儿。这会儿他脑子里又冒出了个新的恶作剧。河边的土堤上有根沉重的木头,是用来造船桅的。他决定让大伙一起把这木头推到别处去。到时木头的主人肯定又恼火又惊奇,那会让他们乐翻天的。每个人都赞成这个提议,并一致开始行动起来。

可是就在这好玩的事情要开始时,帕提克的弟弟马康闲逛到了这里,然后一言不发地坐在他们面前的这根木头上。男孩们一时不知所措。其中一个孩子胆怯地推了他一下,让他起身,可是他毫不在乎。他看起来就像个小小哲学家在沉思,思考着这游戏的无聊。帕提克很愤怒。"马康,"他叫道,"你再不下来的话我就揍你!"

马康却只是把身子挪动到了更加舒服的位置。

现在,帕提克要想在众人面前维持他的王者风范,就显然要兑现自己的威胁。可在这危急关头他失去了勇气。好在他那发达的大脑迅速想到了一个新的策略,既能羞辱他弟弟,又能给他的跟班们带来额外的乐趣。他下令大家一起滚动这根木头和坐在上面的马康。马康听见了这话，为了保持自己的风范而纹丝不动。可是他忽略了现实，像那些追求世俗名利的人一样，这可是冒了很大风险的。

男孩们开始用尽全力去拖那根木头，他们叫着："一，二，三，走！"当"走"字出口时木头滚动了；随之滚下来的是马康的哲学、他的骄傲以及全部。

其他的男孩都扯着嘶哑的嗓子开心地喊叫起来。可是帕提克有些害怕。他知道等着他的是什么。可以肯定的是，马康从大地母亲的怀抱中站起来，像命运女神那样视线模糊，又像复仇女神那样尖叫着。他冲向帕提克，抓他的脸，打他，踢他，然后哭着跑回了家。闹剧的第一幕结束了。

帕提克抹了把脸，坐在河岸上一只沉没的驳船边缘，咀嚼起一片草叶。这时有船朝岸边靠过来，一个灰白头发，胡须浓密的中年男人上了岸。他看见坐在那里无所事事的男孩，便问他查克拉沃提家在哪里。帕提克继续嚼着草叶，回答道："那边。"可是他指的方向实在模棱两可。那人又问了他一遍。他坐在驳船边，来回晃荡着两腿，说："你自己去找吧。"然后又像先前那样嚼起草叶。

可这会儿家里的仆人来了，告诉帕提克他妈妈叫他回去。帕提克不愿意动。不过此时男孩得听这仆人的话。他粗鲁地拽起帕提克，拎着他，任他愤怒而无力地踢打反抗。

帕提克回到家，母亲看到了他。她气冲冲地叫道："你又打马康了？"

帕提克义愤填膺地回答说："不，我没有；谁告诉你的？"

他母亲喊道："不许撒谎！你就是打他了。"

帕提克突然说："我告诉你，我没有。你自己去问马康！"可是马康觉着最好还是坚持他之前的说辞。他说："是的，妈妈。帕提克是打我了。"

帕提克已经无法再忍耐了。他不要再听这不公正的指责。他冲向马康，用拳头揍他，"挨着吧，"他叫道，"这一下，还有这一下，谁让你说谎的。"

他的母亲迅速把马康拉到一边，并把帕提克拉走，开始用双手打他。帕提克推搡着他妈妈，她大叫起来："你这个小混蛋！你要打你自己的妈妈吗？"

就在这危急的时候，那个花白头发的男人赶到了。他问发生了什么事。帕提克看起来温顺又羞愧。

可是当他母亲退后几步看到那个人时，她的愤怒变成了惊讶。因为她认出了自己的哥哥，叫道："天哪，哥哥！你这是从哪里来啊？"她结婚后哥哥就离家了，在孟买起家做生意。当他在孟买的时候他的妹妹失去了丈夫。比尚贝现在回到了加尔各答，并立刻打听起她妹妹的下落。当他找到她的住处时便马上赶来了。

接下来的一段日子充满了欢乐。哥哥问起两个男孩的教育情况。他妹妹告诉他帕提克一直是个讨厌鬼,他懒惰,不听话,又野蛮。不过马康是个宝贝一样的好孩子,像羊羔般安静,又很喜欢读书。比尚贝很爽快地说他可以接手抚养帕提克,带他到加尔各答和自己的孩子们一起上学。那守寡的母亲欣然同意了。当帕提克听到舅舅问他是否愿意跟他去加尔各答时,他的高兴溢于言表,说道:“哦好呀,舅舅!”他丝毫没有掩饰发自内心的乐意。

对他母亲来说,送走帕提克是个大大的解脱。她对帕提克有偏见,不过她同样地爱着两个男孩。每天她都担心帕提克会把马康淹死在河里,或者打架时打破他的头,或者将他赶入险境,等等。与此同时,当她看到帕提克那么急切要离开时,又有一些难过。

这事儿定了以后,帕提克便不住地问他舅舅什么时候可以启程。他整天兴奋得如坐针毡,夜里几乎也睡不着觉。他把自己的鱼竿、大风筝和那些弹子全都永久性地留给了马康。在这种分别的时刻,他对待马康实在是无比的慷慨。

他们到了加尔各答,帕提克第一次见到了舅妈。她对家中新成员的加入可一点也不开心。自家的三个男孩已经够难照料的了,她没法再兼顾其他孩子。而让一个十四岁的乡下男孩来到他们中间,对她来说实在是烦心。比尚贝在做出这项鲁莽决定之前的确是应该好好考虑下的。

在人们的生活经验中，再没有比一个十四岁男孩更讨厌的事物了。他既不好看，又没有用处。你已经无法把他当成小男孩一样去疼爱；而他又经常碍事。如果他说起话来口齿不清大家会说他太幼稚，可如果他像成人那样讲话，人们又会觉得他很粗鲁。事实上只要是他说出的话都会让人厌恶。然后他又是在并不迷人的成长期。他发育得飞快，衣服都不合身了；他的声音变得嘶哑、刺耳、粗糙；他的脸突然显现出丑陋的棱角。小男孩的缺点都是很容易被原谅的，可是对于一个十四岁少年，即使是不可避免的过失也让人难以容忍。当他和年长的人说话时，他要么太莽撞，要么又太腼腆，他简直该为自己的存在而感到羞愧。

然而又正是在这个年纪，一个少年的内心深处最渴望得到认可与爱；任何人对他的肯定都能让他俯首称臣。可是没有人敢爽快地去爱他，因为那会被认为是过分放纵他，对那男孩是有害的。所以整天被责骂训斥的他变得像只被主人丢弃的流浪狗。

对于一个十四岁男孩来说，他的家是他唯一的乐园。如果家中的女人们给他些好脸色，能把他放在心上，那便是最大的欣慰了，而如今与一群陌生人一起住在陌生的家中却没有减轻他一丝痛苦。

帕提克成了舅妈家中的不速之客，这位年长的女人瞧不起他，在每一个场合都忽视他，这让他很难受。每次她吩咐他帮忙做些事，这孩子都会开心过度而把事情做过了头；然后她就会告诉他别再表现得这么蠢，而应该继续做功课去。

在舅妈家里那种被忽略的气氛深深地压抑着帕提克，他感到几乎不能呼吸。他多希望能跑到开阔的乡野里，自由地呼吸，往肺里灌进满满的空气。可是那儿没有开阔的乡野，四面八方都是加尔各答的房屋和墙壁。每天晚上他都梦见乡下的家，渴望再回到那里。他想起那片美丽的草地，他曾经整天在那儿放风筝；那宽阔的河岸，他会开心地唱着、叫着在岸边游荡上一天；那窄窄的河溪，他可以随时去那儿扎猛子、游泳。他想起自己统治的那一帮男孩玩伴；而他白天黑夜想念得最多的，是他那专横的妈妈，即使她曾对他抱着那么大的偏见。这是一种类似于动物的本能的爱；一种奔向所爱的人面前的渴望；当自己不在她身边时那种难以名状的渴望；一种发自内心深处对母亲的呼唤，就像黄昏小牛犊的哀鸣。这种几乎是动物本性的爱使这害羞、紧张、干瘦、笨拙、丑陋的男孩焦虑不安。没人能理解这感觉，可是他的思想正不断地被这感觉吞噬。

在整所学校里没人比帕提克更落后了。老师问问题时他目瞪口呆的什么话也不说，像只背了太多货物的驴一样默默承受着落在背上的鞭打。当其他男孩出去玩时，他愁闷地站在窗边，凝视着远处房子的屋顶。当他碰巧突然看到一群孩子在哪个屋顶的平台上玩耍时，他的心就会因为渴望而刺痛。

有一天他鼓起了全部的勇气，问他的舅舅："舅舅，我什么时候可以回家啊?"

他舅舅回答说:"等假期来了吧。"可是直到十一月份才会放假,他还要等那么长时间。

有天帕提克丢了他的课本。平时即使有书本的帮助,预习功课对他来说都很难。现在简直是没有办法了。他的老师日复一日地用教鞭无情地抽他。他的处境太悲惨了,连表兄弟们都为他感到羞愧。他们开始嘲笑他、羞辱他,比别的男孩还要厉害。终于他跑去舅妈那里,告诉她他丢掉了课本。

舅妈鄙夷地抿起嘴唇,说:"你这个乡下来的蠢货。我有一大家子要养活,哪里有钱一个月给你买五次新书啊?"

那天晚上,帕提克放学回家时,浑身发抖,脑袋剧痛。他感到自己可能得痢疾了。他最害怕的是舅妈知道了会嫌弃死他。

第二天早上帕提克失踪了。大家找遍了附近邻里却一无所获。一整晚都下着瓢泼大雨,那些出去找他的人浑身都湿透了。最后比尚贝决定去寻求警方支援。

在一天快结束的时候,一辆警车停在他们家门前。天还下着雨,街道都被淹没了。两个警官用手臂架着帕提克,在比尚贝面前放下他。他从头湿到脚,满身的污泥,他的双眼和脸颊都烧得通红,四肢颤抖。比尚贝抱起他,把他带进里屋。当他的妻子看到他时,大喊道:"这孩子给我们惹了多少麻烦呀。你还不把他送回家吗?"

帕提克听到她的话，大声哭泣起来："舅舅，我正准备回家来着；可是他们又把我拖回来了。"

他烧得很厉害，整晚都神志不清。比尚贝请来一位医生。帕提克睁开烧红的双眼，抬头看着天花板，发出空洞的声音："舅舅，假期到了吗？我可以回家了吗？"

比尚贝擦去自己眼中的泪水，握住帕提克干瘦滚烫的双手，坐在他身边陪着他度过夜晚。男孩又开始说胡话了。最后他的声音变得很激动，"妈妈，"他叫道，"别那样打我！妈妈！我说的是实话！"

第二天，帕提克一度恢复了神智。他的目光在屋子里游离着，仿佛在盼望什么人的到来。最后，他带着一股失望，栽回枕头里。他转脸朝墙躺下，深深地叹了口气。

比尚贝知道他在想什么，于是他弯下腰，小声说："帕提克，我已经去叫你妈妈来了。"这天快过去了。医生用很不安的口气说男孩的情况很危急。

帕提克开始大声哭叫："水深！三英寻[①]。水深——四英寻。水深——"他听见了蒸汽轮船上的水手在喊出铅锤上的深度标记。现在是他自己在量着一片深不可测的大海。

晚一些的时候，帕提克的母亲像旋风一般冲进了屋子，开始

① 英寻，长度计量单位。

猛烈地摇晃儿子,大声悲叹嚎哭起来。

比尚贝试着安抚她,可是她把自己扔在床上,哭叫着:“帕提克,我的宝贝儿,我的宝贝儿。”

帕提克这会儿停止了自己的躁动。他的双手不再上下捶打。他说:“嗯?”

母亲又哭了:“帕提克,我的宝贝儿,我的宝贝儿。”

帕提克很慢很慢地转过他的头,却仿佛谁也看不见了,他说道:“妈妈,假期来了。”

饥饿的石头

在火车上遇见那个男人时，我和一位亲戚正要从普加赶回卡库拉。看他的衣着和外貌，我们一开始以为他是内陆地区的穆斯林，可这人一开口我们都傻了眼。他极其自信地高谈阔论着，让你觉得百科全书都会向他请教问题。他说起一些隐秘的组织和军事力量，俄国对我们日渐逼近的赶超，还有英国佬那些深藏不露的秘密政策，这些闻所未闻的事情让我们兴致极高。而这时我们新认识的朋友露出了一丝狡黠的微笑，他神气地说道："在天堂和人间发生的事情，远远比你们霍雷肖的报纸上看到的要多。"这惊得我们哑口无言，因为我们从未告诉过他我们来自那里。要是话题太过琐碎，他就会引用些科学术语，或是吠陀经上的箴言，或是念诵某位波斯诗人的四行诗。鉴于我们俩没有科学、吠陀经、波斯之类的知识来炫耀，于是我们对他的仰慕之情又继续增长；我的亲戚是位有神论者，他坚信我们这位同行的乘客被某种超自然的"神力"或"玄妙的力量"附身了，又或者是"星光体"[①]或是那

① The Astral Body，据说是人体极为精密的一个层次，部分的灵魂体，类似像神游太虚、梦境等等。

类的东西所产生的灵性。他怀着专注的狂喜倾听着我们那非凡的同伴从口中吐出一串串陈词滥调，并偷偷地记着谈话笔记。我猜想那位神人注意到了这点，并且颇为得意。

火车行驶到了换车头的地方，我们都去了候车室等着。这时是晚上十点钟了，听说线路出了些问题，车要很晚才开，于是我铺好床单，准备舒舒服服地躺下打个盹，这时我们那位不同凡响的乘客又故意开始了他下面的旅行漫谈。自然，我一晚都没能睡着。

那次，因为在部门政策上的意见不合，我辞掉尤那格尔的职位，去了哈德里亚的尼扎木，他们立刻录用了我，让我这个强壮的年轻人去收巴瑞克的棉花税。

巴瑞克是个美妙的地方。行走在附近的萨斯塔河岸，"那布满石头的路面铿锵作响，铺路的卵石们窃窃私语"，河流像一个精通舞蹈的女孩穿行在孤单山峰下的密林里。河水上方升起一段阶梯，有一百五十个台阶，从阶梯再往上，那河流的边缘，群山脚下，有一座孤单的大理石宫殿。宫殿周围没有人烟——巴瑞克的村庄和棉花地离这里还远。

大约二百五十年前，国王马哈穆德·沙哈二世修建了这座孤独的宫殿，供自己享乐。在他的时代，这儿的喷泉终日喷射出玫瑰色的水花，飞溅的水花沁凉了宫室，在宫室中冰冷的大理石地面上，年轻的波斯少女们席地而坐，发丝蓬乱，正准备洗浴，她们柔软的光脚拍打着浴池中的清水，和着吉他声唱起她们家乡葡萄园里的情歌。

泉水不再流淌，歌曲也早已停滞，再也没有雪白的脚优雅地踩在雪一样的大理石上。现在只有像我们这样的孤单的收税人们，饱受寂寞之苦，见不着女性的男人们。这时，我单位的老员工卡里姆·卡哈那一遍又一遍地告诫我，千万不要住在那里。“你喜欢的话，白天可以在那儿度过，”他说，“可是千万不要在那里过夜。”我置之一笑。仆人们也说他们可以工作到天黑，夜晚就离开。我爽快地答应了。这老宅子真是恶名远扬，连小偷们都不愿意在天黑后冒险来这儿。

一开始这废弃的宫殿的孤影像噩梦一般压在我心头。我会在外面辛苦工作一直到很晚，然后疲惫不堪地回到家中，倒床入睡。一个星期还没过，这地方就开始对我释放出难以言说的魅力。很难向别人描述，或者引导别人相信这感觉；可是我觉着整个房子就像一个活着的生命体，用一种骇人的胃液般的功能在缓缓地，难以觉察地消化着我。

可能在我刚刚踏入这房子时，这过程就开始了，但我清楚地记得我第一次感受到的那天。

那是初夏时节，市场不景气，我也无事可做。快要日落时我正坐水边的扶手椅里，上面就是那长长的阶梯。萨斯塔河已经收敛气息沉静下来；河那边一片宽阔的沙地闪耀着黄昏的色调；河这边清澈的浅水下，一块块小卵石在闪闪发亮。周围一丝风也没有，静止的空气里满是近处山坡上灌木的浓烈气味。

当太阳落下山尖，夜幕徐徐降临，群山的遮挡让日落时光影交织的时光变得短暂。我想到驾车出去逛逛，正要起身时我听见身后的台阶上一声脚步。我回头看看，那里并没有人。

我想自己可能出现幻觉了，再次坐下来时，又听见了许多的脚步声，仿佛一大群人正冲下台阶。一波奇异的欣喜之气，夹杂着一丝恐惧，掠过我的全身。尽管我眼前一个身影也没有，但据我看来却似乎有一大群欢乐的少女跑下阶梯，要在那夏天的晚上去萨斯塔河洗浴。无论是山谷、河流，或者宫殿都一片寂静，可我却清楚地听见了少女们的欢声笑语，仿佛数不清的涓涓溪流中冲出了潺潺的清泉。她们相互追逐着跑过我，奔向河流，丝毫没有注意到我的存在。既然我看不见她们，那么反之她们应该也看不见我。河面十分安静，可我却感到那静静的、浅浅的、清澈的河水突然就被一双双手臂搅动了，手臂上的镯子叮当作响，而少女们大笑着，互相泼水，那些擅长游泳的则拍打着双脚，在珍珠般落下的水滴间搅动出朵朵浪花。

我的心中一阵激动——说不出这种兴奋是出于恐惧还是快乐，还是好奇。我渴望着更加清楚地看到她们，可是眼前什么也没有；我以为只要竖起耳朵就能听清她们的话语，可是不管我怎么努力，我听见的只有树林中蝉儿的鸣叫。仿佛那二百五十年的深厚帘幕正挂在我面前，尽管帘幕的另一边完全被黑暗笼罩，我也要用颤抖的手掀起一角，一探究竟。

突然刮起一阵风，打破了夜晚的逼人的压抑，萨斯塔安静的景象就像仙女的长发一样波动起来，随风缭绕，在这同时包裹在昏沉夜色里的树林传来低吟声，像是刚刚从一个噩梦中醒来。不管是现实还是梦境，那远去的二百五十年前的世界给了我幻影般的短暂一瞥，瞬间就消失了。那些神秘的身影从我身边掠过，她们踏着没有痕迹的脚步，无声地大笑，跳入河水中，却没再拧着滴水的长袍，像去时一样回来。春天的一次呼吸就驱散了她们，如同一阵芳香随风而逝。

我心中着实恐惧，一定是缪斯趁着我孤单一人而附了我的身——就像我靠着收棉花税谋生一样，这女巫显然是要来剥削一个可怜的家伙。我决定晚上好好吃一顿——是我空空的胃让各种疾病和戾气轻易就找到了猎物。我命令厨子给我做了一顿加足了香料和酥油的丰盛晚餐。

第二天早上，我觉着之前经历的事件都是些诡异的幻像。我怀着轻松的心情戴上顶欧洲官老爷般的索拉帽，然后驾车去上班了。那天我得写季度报告，本就打算晚些回去；可天还没黑，一种难以言语的奇怪感觉就催着我回去——我感觉它们都在等着，因此我不能耽搁了。报告还没写完，我站起身来，戴上我的索拉帽，驾着马车唐突地驶过黑色、阴暗、荒芜的路面，来到那所大宫殿前。它正静静地立在阴沉沉的群山脚下。

一楼的楼梯通向一个大厅，大厅的顶部很宽，压在一串装饰拱门上，支撑拱门的是三排大的柱子，它们日夜负重，发出紧张而孤单的呻吟。这时白天刚刚过去，灯还没有点起来。我推开大门时，似乎有一阵喧闹声跟着进来了，就像一大群人在混乱中散开，匆忙地逃向那些门厅、窗户、走廊，还有阳台和房间。

由于我眼前一个人影也没有，我满心困惑地站在那儿，发梢间流动着一种狂喜，鼻孔间徘徊着玫瑰精油和药膏在经年累月后残留的微弱味道。站在黑暗的大厅里，在那一排排古老的柱子间，我能听见大理石地面上汩汩流动的泉水声，六弦琴弹出的奇特音符，环佩丁当，脚镯脆响，钟摆发出铿锵的报时声，远处飘来悠扬的鼓乐声，水晶吊灯上不计其数的吊坠在微风的吹动下簌簌乱响，走廊上的鸟笼里夜莺在歌唱，花园中的鹳鸟咯咯地痴笑，这一切在我耳边萦绕，混合成一种不属于人世间的奇妙音乐。

此时我中了魔咒一般，将这看不见，摸不着，超现实的幻像当作了世界上唯一的存在——而其他的一切只是梦一场。站在这安静而阴郁的大厅里，我，斯利约特·某某，某某体面家族的大儿子，做着收棉花税的工作，每月薪水四百五十卢比，每天穿着短外套，戴着索拉帽，驾着马车去上班的这个人，此时成了如此荒唐的幻像，以至于我对自己发出一阵嘲讽的大笑。

就在那时我的仆人点着一盏煤油灯进来了。我不知道他是不是觉得我疯了，可立刻我就回过神来，记得我就是斯利约特·某某，某某体面家族的儿子，当我们那位伟大而渺小的诗人独自一人时，他可以说在这世界之中或是之外，有一个地方，那里有着看不见的泉水在不停地流淌，看不见的手指拨动着精灵般的吉他，弹出永恒的和谐旋律；而无论如何可以肯定的是，我在巴瑞克做着收棉花税的工作，每个月挣四百五十卢比。当我坐到桌边，就着煤油灯的光亮打开报纸时，又为自己奇怪的错觉而好笑不已。

我看完报纸，吃过晚餐后，熄灭了灯，去我小房间的床上躺下。透过敞开的窗户，黑暗的树林给阿瓦里群山镶上了滚边，在群山之上，高高挂着一颗璀璨的星星，正从上百亿英里之外的天空专注地注视着躺在一张简陋行军床上的收税员先生。我幻想着，并被这想法逗乐了，也不知道是什么时候入睡的，睡了多久；可是我突然被惊醒了，尽管没有听到任何声音，也没看见谁闯进来——只有山顶上那颗明亮的星星已经落下，新月朦胧的光亮透过窗户悄悄照了进来，似乎为自己的闯入感到羞愧。

我谁也没看见，却感觉到有人似乎在轻轻地推我。当我醒来时她什么也没说，只用她带着戒指的五个手指示意我小心跟着她走。我悄无声息地起身了，在这废弃的宫殿里有无数的房间，只有睡眠般的声响和等待般的回声，除了我之外别无他人，然而我每一步都非常小心，生怕会惊醒了谁。宫殿里大部分房间都紧闭，我也从来没有进去过。

我屏住呼吸，蹑手蹑脚跟着那个看不见的人——不知道要去哪里。我经过了多少黑暗狭窄的通道，走过了多么长的走廊，又穿过了多么安静庄严的客房和多么机密的暗室啊！

尽管我看不见我美丽的向导，可在我脑海中她的身形历历在目——一个阿拉伯少女，透过她的宽松的衣袖，能看见像大理石一般结实而光滑的双臂，从她的帽檐边垂下轻薄的面纱，她的腰间有把弯弯的匕首！在我看来一千零一夜中的一晚正从传奇世界降临到我身边，深夜里的巴格达昏昏入睡，我穿过黑暗狭窄的小巷，走向充满危险的约会地点。

终于我美丽的向导突然停在一块深蓝色的屏风前，似乎在指着下面的某处。那里什么也没有，可一阵突如其来的恐惧让我的血液都凝固了——我想我看见那屏风脚下的地板上有个面目狰狞的黑人太监，身穿贵重的锦缎，他坐在那儿打盹，双腿伸开来，大腿上有一把裸露的剑。我美丽的向导轻轻跨过他的双腿，掀起屏风的一角，让我得以瞥见一部分铺满了波斯地毯的屋子——在屋内的床上坐着一个人——我看不见她，只瞥见一双精美绝伦的脚，穿着金边刺绣的拖鞋，从宽松的藏红花色睡衣中伸出来，慵懒地搭在橘色的天鹅绒地毯上。旁边还有只浅蓝色的水晶托盘，上面堆满了苹果，梨，橘子，和大串的葡萄，泛着金光的酒瓶和两个小杯子表明了贵客就要来到。室内焚烧着一种奇怪的香，释放出令人心醉神迷的芬芳气息，让我几乎不能自已。

我的心在颤抖，当我试着跨过那个太监伸开的双腿时，他突然惊醒，他的剑从腿上滑落到大理石地面上，发出尖利的撞击声。一声尖叫中我跳了起来，随后看见我自己坐在行军床上，大汗淋漓。在晨光中窗外的新月像黎明时分无法入睡的疲惫病人那样苍白；而我们镇上的疯子阿里还依照着每天的惯例，走在那条孤独的路上大叫："退后！退后！"

我的第一个阿拉伯之夜就这样戛然而止；可后面还有一千个夜晚等着我。

随之而来的是我生活中白天与黑夜的格格不入。白天我身心疲惫地去上班，诅咒着那迷惑人的夜晚和她带来的空虚梦境，可当夜晚来临时，缠绕着工作事务的白天又显得那么琐碎、虚伪、荒谬、毫无价值。

黄昏过后我便坠入一种奇特的眩晕状态，变成过去时代中的某个未知的人，在没有记载的历史中扮演着我的角色；我的英式短上衣和紧身马裤就完全不合时宜了。我头戴红色天鹅绒帽，身穿宽松的睡袍，罩上花纹刺绣的背心，披着飘逸的丝绸长袍，拿着散发玫瑰香气的彩色手帕，我会仔细打理这身装束，坐在有高高坐垫的椅子上，我用层层卷起的玫瑰水烟代替了香烟，仿佛在急切地盼望着与爱人的相会。

我实在无力去描述当夜色深沉时，那些奇迹般展现的事件。我感到在那偌大宫殿中稀奇古怪的房间里，有个美丽的故事，我能远远地跟上这故事的碎片，也永远看不到结尾，忽而吹来一阵春风，就卷走了这些碎片。而我仍然从一间屋子溜达到另一间，整晚整晚地找着它们。

在这些想象的碎片漩涡中，在散沫花的香气和吉他的弦音中，在充满了芬芳水雾的波动的空气中，不时会有位美丽少女的身影在我眼前一闪而过。她就是那位穿着藏红花睡衣的姑娘，柔软粉嫩的脚上穿着金边刺绣的拖鞋，露出弯弯的脚趾，她穿着金色的紧身胸衣，戴着红帽子，帽檐那金色的褶边搭在她雪白的额头和脸颊上。

她简直让我疯狂。我在睡眠世界深处的魔幻之地追寻着她，在一间间屋子里游荡，在一条条迷宫般的胡同小路间穿行。

在一些夜晚，当我在一面大镜子前，就着一边的蜡烛仔细将自己打扮成一位血统高贵的王子时，我会突然看见身旁出现那波斯美人的影子。她敏捷地一扭头，黑色大眼睛里饱含着激情与痛苦急切地一瞥，她迷人的红唇轻启仿佛要吐露心声，她的美丽苗条的身体笼罩着青春的光环，像开放的凌霄花，在优雅的步态中迅速升起，散发出一阵耀眼的苦痛、欲望，与狂喜，她眼波流转，笑容映照在珠宝和丝绸的光辉里，随后渐渐消失不见。一阵裹挟着山林香气的风狂野地卷来，吹灭了我的灯笼，于是我把外衣扔到一边，躺到床上，我紧闭着双眼，身体里流动着兴奋，在徐徐微风中，在远处树林和山野飘来的香气间，在安静而忧郁的气氛里，我的周围飘动着许多爱抚，许多亲吻，许多温柔的触摸，我的耳边有喃喃细语，我的额前有芬芳的呼吸；或者有一片带着甜香的头巾一遍又一遍地蹭过我的脸颊。然后一条神秘的大蛇会慢慢地缠绕住我；随着沉沉的一声叹息，我便陷入麻木，坠入深深的睡眠中。

有一天晚上我决定骑马出去遛一圈——我不知道是谁恳求我留下来——可是那天我不会听从任何恳求。我正要取下衣架上的英式帽子和外套时，忽然刮起了一起旋风，那风卷起萨斯塔的沙子和阿瓦里群山上的枯叶打着圈儿，同时一阵大笑般的喧响越升越高，仿佛迸发出了所有欢乐的音符，直到在黄昏的大地上渐渐停止。

我没法出去骑马了，第二天我永远地丢弃了那诡异的英式外套和帽子。

就在那天深夜，我听见了揪心而压抑的哭泣声——那声音仿佛来自床底下，地板下，那庞大宫殿的石基下，来自黑暗潮湿的墓穴深处，凄惨地哭泣着乞求我：“哦，救救我！打破这些幻境般的大门，冲破这些死亡般的睡眠和无谓的梦境吧，让我和你并肩坐在马鞍上，紧贴你的心口，骑过那些山脉、树林，穿过那河流吧，带我到地面上去，到你那温暖的洒满阳光的屋子里去！”

我是谁？我如何能拯救你？要我从疯狂的梦境漩涡中拖回岸边的，是怎样快要溺死的美人，是怎样激情的化身？哦可爱的飘逸的幽灵啊！你在何时何地绽放着你的青春？你诞生在何处的清泉边，何时的树荫下——在哪位无家可归的沙漠流浪者的膝上？是哪位贝都因人[①]把你从母亲怀抱中夺走，从野生的藤蔓上掐下你这朵含苞待放的花蕾，把你放在快如闪电的骏马背上，穿过滚烫的沙丘，将你带到了哪座皇城的奴隶市场？而在那里，又是哪位巴德沙的官员，看见了你那花蕾般羞涩鲜嫩的美丽，用金子买下你，把你抬进金色的轿辇，将你当作礼物充实了他主人的后宫？还有，那宫殿有着怎样的历史啊！这里有美妙的音乐，脚镯的脆响，不时闪现着匕首的寒光与希拉红酒的滟光，以及那洞穿人心的一瞥！这是怎样无限的富贵荣华，与永无止境的奴役啊！

突然就在这时，疯子阿里的叫声响起：“退后！退后！全错了！全错了！”我睁开双眼，天已大亮。我的邮差前来递给我一沓信件，厨子则毕恭毕敬地等待着我的指令。

我说：“不，我再也不要住这里了。”当天我就收拾行李，搬到了我的办公室。老卡里姆·卡哈那看到我时，露出一丝笑容。我怒从中来，可是什么也没说，埋头工作起来。

① 贝都因人，沙漠地带从事游牧的阿拉伯人。

夜晚快要降临时我变得心不在焉;我感到似乎要去奔赴一个约定;那核对棉花税账目的工作看起来又毫无用处了;连尼扎姆家族的后代[①]也变得一文不值。现实中的一切,正在运转的一切,以及谋生之业看起来都琐碎,毫无意义,甚至可鄙。

我扔下手中的笔,合上账簿,钻进马车,驾车走远了。我注意到在黄昏时分这车自动停在了大理石宫殿的门前。我快步爬上楼梯,进了房间。

沉沉的寂静掌控着屋内。这些黑暗的屋子仿佛犯了错一般,看起来郁郁寡欢。我满心懊悔,可是没人让我裸呈自己的内心,也没人让我乞求原谅。我脑子里空空的,在黑暗的屋子里打转。我多希望自己能有把吉他,让我对着未知的一切歌唱:“哦大火呀,这只可怜的飞蛾竭力要飞离你的诱惑,却抗拒不了又回到了你这儿!就原谅它一次吧,请用你的烈焰烧掉它的翅膀,吞噬它吧!”

突然有两颗泪珠从我的头顶掉下,落在我的眉头。那天阿瓦里群山的顶上包裹着大团厚重的乌云。萨斯塔阴郁的树林和漆黑的水流正在惊恐的焦虑和不祥的镇静中等待。猛然间,大地,河水和天空战栗起来,一阵狂野的暴风雨呼啸着掠过远处人迹罕至的树林,掀起利齿般的闪电,仿佛一个狂躁的疯子挣脱了锁链。荒芜的宫殿内大门被吹得砰砰响,门厅在痛苦中呻吟。

① 印度海德拉巴王朝的国王被称做“尼扎姆”。

仆人们都在办公的地方，没有人来点灯。那夜晚乌云密布，没有月光。在一片深沉的压抑中我能清楚地感到那个女子正俯首趴在床下的地毯上——用绝望的手指紧抓和撕扯着她蓬乱的长发。她白皙的额头上渗出鲜血，现在的她迸发出坚硬、刺耳、悲怆的大笑，以及强烈、揪心的抽泣，她撕开了胸衣，捶打着自己裸露的胸口。狂风从敞开的窗户窜入，倾盆大雨灌进来，一遍又一遍地浇透了她。

整整一晚上，暴风雨和激烈的哭泣都没有停止过。我在黑暗中的房间里游荡，满心悲伤又无能为力。当身边什么人也没有时，我能去安慰谁呢？是谁遭受了这样深切的苦痛？这无法治愈的悲痛又是从何而来？

而那个疯子在大叫："退后！退后！全错了！全错了！"

我看见天色已破晓，疯子阿里正绕着宫殿一圈一圈地跑着，在那可怕的天气里发出一贯的哭叫。我忽然想到，也许他也曾住在这房子里，而尽管他已经疯了，却仍然每天都来到这儿，一遍遍地转圈，为这大理石恶魔的古怪咒语而迷惑。

我顶着狂风暴雨跑到他面前问道："嘿，阿里，是什么错了？"

他什么也没有回答，却将我推到一边，兀自慌乱地哭叫着打起转来，像只被蛇的大口吸住的鸟儿在扑腾，他又拼了命地重复着那些警告自己的话："退后！退后！！全错了！全错了！！"

我疯了一样在大雨中跑回了办公室，问着卡里姆·卡哈："告诉我这一切都是怎么回事!”

我从那老人的口中得知了这些:在一个时期,那所宫殿里涌动着无数得不到回应的激情,无法被满足的渴望,以及耸人听闻的狂欢作乐,那些痛苦的心和挣扎的欲望让这儿的每一块石头都变得饥渴,像个女恶魔一样渴望吞噬任何有可能靠近这里的活人。没人能连续三个晚上活着呆在那里,除了阿里,他逃出来了,却丧失了理智。

我问道:“那还有什么办法能解救我呢?”那老人回答道:“只有一个办法,而且很难。我会告诉你的,不过首先你得了解一段历史,关于曾经住在那欢场里的一个波斯少女的故事。世上再没有比这更离奇、更撕心裂肺的悲剧了。”

就在这一刻,工人们传达了火车已经到来的消息。这么快吗?火车冒着蒸汽隆隆地开了进来,我们急忙收拾起行李。一个显然刚刚睡醒的英国绅士正从一等车厢伸出头来,努力读着站台的名称。他一看到与我们同行的旅客,就叫住他:“嘿。”然后带他去了自己的包间。当我们走进二等车厢时,已经来不及调查清楚这人的来历,也无从知晓他故事的结局了。

我说道:“那人明显是在耍我们,故意找乐子呢。他的故事从头到尾都是胡编的。”随后我与有神论者的亲戚陷入了争论,我们因此而破裂的关系一辈子都没能弥补。

喀布尔的水果小贩

我五岁的女儿米妮是个喋喋不休的小家伙。我真觉得她的生活没有一分钟的时间浪费在安静中。她的母亲为此很心烦，常常试图阻止她的聒噪，可我就不会。米妮一安静下来会非常不自然，我可受不了一直这样。因此我和她的谈话就总是很愉快。

比如说有天早晨，我正写到新小说的第十七章时，我的小米妮悄悄进了屋，把她的小手放在我手中，说道："爸爸！看门人拉姆达亚尔把乌鸦叫成了乌雅！他什么也不懂，是不是？"

在我准备向她解释世界上各种语言的不同时，她完全进入了下一个议题。"爸爸，你是怎么想的？博拉说云朵里有一只大象，从它的鼻子里喷水出来，所以天才会下雨！"

然后，当我还坐在那儿想着该怎样解释这个说法时，她又迅速发起新的提问："爸爸！你和妈妈是什么关系？"

"她是我亲爱的小表妹！"我不觉小声对自己说道，不过我板着脸设计了我的回答："去和博拉一起玩吧，米妮！我忙着呢！"

从我的窗口可以俯瞰街道。这孩子现在坐在了我脚边，在书桌旁轻轻地玩耍着，在自己膝盖上敲鼓。我正努力经营着我的第十七章，书中主人公普罗特拉普·辛格刚刚将女主人公康恰拉塔揽入怀中，正要和她一起从三楼的窗户逃出城堡，突然米妮丢下她的游戏，跑到了床边，喊道："一个喀布尔人！一个喀布尔人！"下面的确有个喀布尔人正慢慢走过。他穿着他们族人那宽大的脏兮兮的衣服，裹着高高的头巾；他身背一个袋子，手中提着几箱葡萄。

我实在不知我女儿看到这人时的感觉，可她开始大声朝他打起招呼。"啊！"我想，"他要进来了，我的第十七章是永远写不完了！"就在那时喀布尔人转过身，抬头看着孩子。这时米妮被吓住了，她很快跑没了影儿，去寻求母亲的保护。她有个毫无理由的想法，认为那个人背的袋子里可能有两三个和她差不多的孩子。这时候那小贩已经站在我家的门口，微笑着向我问好。

我笔下男女主角的处境正如此危险，可眼下我的第一反应是停下来去买些东西，因为那人被叫进来了。我买了些小物件，和那人聊起阿卜都拉赫曼，俄国人，英国人，还有边境的政策。

他要离开的时候，问道："那个小姑娘在哪呢，先生？"

我想米妮必须克服她那无端的恐惧感，于是把她带了出来。

她站在我的椅子旁，看着喀布尔人和他的袋子。那人递给她一些坚果和葡萄干，可她一点也不动心，只是带着不断增长的满腹狐疑，又朝我紧挨了一些。

这就是他们的第一次见面。

然而，没过几天后，在一个早晨，当我准备离家时，看到了令人吃惊的一幕：米妮坐在门口的长凳上，一边大笑着，一边和她脚边的喀布尔人聊天。看起来，我的小女儿在她生命中还没发现过除了爸爸之外能这样耐心听她说话的人了。而她的小纱丽边上已经裹满了杏仁和葡萄干，那是她客人的礼物。“干吗要给她这些呀？”我说着掏出八角钱递给他。那人没有推脱，接过钱顺手放进口袋。

一个小时后我回来了，天哪，那些倒霉的硬币可惹了它们两倍价值的麻烦！喀布尔人把钱给了米妮，她母亲发现了那些闪亮的、圆乎乎的东西，便突然向孩子发问：

“你哪里来的八角钱？”

“喀布尔人给我的。”米妮说。

“喀布尔人给你的！”她的母亲震惊了，“哦，米妮！你怎么能要他的钱？”

我进来得很是时候，免了一场无谓的灾难，然后继续我自己的调查。

到现在米妮和她的朋友已经不是一次两次见面了。喀布尔人用干果和杏仁这些小小的行贿克服了孩子对他一开始的恐惧，他们现在成了非常好的朋友。

他们会开稀奇古怪的玩笑，并为之乐此不疲。米妮常坐在他的面前，一本正经地戴着他的大眼镜朝下看，然后绽开笑脸，开始问：“哦喀布尔人，喀布尔人，你的袋子里有什么？”

然后他会用山区人的鼻音回答:“一只大象!”似乎并没有什么可笑的,可是他们又都为这俏皮话乐得不行!对我来说,这孩子和大人的谈话里倒常常有着一种奇特的魅力。

而喀布尔人不甘落后,会接着发问:“哎,小东西,那你什么时候要到你的公婆家去呢?”

如今大多数孟加拉的少女都会很早就听说公婆家的事情;可是我们是新派人家,并不让孩子接触这些信息,因此米妮听到这问题时肯定会有点困惑。不过她不会表现出来,而是老练地回答道:“你也要去那里吗?”

然而,在喀布尔人中间,众所周知公婆家还有另外一层意思,那就是监狱,在那种地方我们不花钱就能得到照应。那健壮的小贩就是抱着这样的心态回答我女儿的问题。“啊,”他会对着看不见的警察挥舞着他的拳头说,“我会揍扁我的公婆!”听到这里,想象着被揍人的可怜样儿,米妮便爆发出一串串笑声,而那位强悍的朋友也跟着笑起来。

这都是发生在秋天早晨的事情,在每年的这个时候古代的国王们都会去远征;而我,从未离开过加尔各答这个小角落,只让思绪沿着全世界漫游。只要看到另一个国家的名字,我的心就会飞向那里;只要看到街上一个外国人,我就会坠入梦境编织起故事——他那遥远家乡的山峦、溪谷和森林,他居住的小屋,以及那远处荒野中自由而独立的生活。我自己的生活是这样单调呆板,以至于连一次旅行的想法都难以置信，因此我眼前浮现出那些旅行的场景，在我的想象中如此生动地来回穿行。看到这位喀布尔人时，我的灵魂迅速飘去了干旱贫瘠的山脚下，在高耸的山峰间蜿蜒着窄窄的山间小道。我可以看见驮着货物的骆驼队，伴着一群缠头巾的商人，他们怀揣古怪的老式火枪，还有一些长矛，朝着山下的平原行进。我可以看见——不过米妮的母亲常常在这种时候打断我，并恳求我“当心那个男人”。

很遗憾米妮的母亲是位如此胆小的女士。只要听见街上一些响动，或是看见有人朝我们的房子走来，她总是立马得出结论，说那是小偷，或酒鬼，或是有蛇啊，老虎啊，疟疾，或者是蟑螂，毛虫，或是个英国水手。即使有了多年的经验，她仍然无法克服自己的不安。所以她对那个喀布尔人充满了戒备，并曾请求我对这人保持警惕。

我笑了，试着用温和的方式打消她的恐惧，可这时她会转身严肃地面对我，问我一些严肃的问题。

难道从来没有孩子被绑架吗？

喀布尔曾经是有奴隶制的，不是吗？

这么强壮的男人完全有能力掳走一个小孩子的，这想法没有那么荒唐吧？

尽管知道可能性很小，我还是努力说服她这种事不会发生。而这并不够，她的担忧仍在继续。由于这种担忧并不确定，我们也没有理由禁止那人来我们家里，他们俩的亲密关系也就自然发展了下去。

每年一月中旬，那个叫拉姆的喀布尔人都要按惯例回他的家乡，这个日子临近的时候他会特别忙，走家串户去收他的赊账。而今年，他却总是能挤出时间来看米妮。在外人看来这两个人似乎有着什么密谋，因为他如果早晨来不了，晚上就一定会出现。

在黑暗屋子的角落里，这位穿着宽大袍子、背着大包小包的高大家伙会突然出现，让我都时不时受到惊吓；可是当米妮笑着跑过来叫道："哦！喀布尔人！喀布尔人！"这对忘年交又会沉浸在他们熟悉的笑声和笑话里，让我感到安心。

在喀布尔人决定离开的前几天的一个早晨，我在书房改着校样，天气寒冷。阳光穿过窗户落在我脚边，这微微的暖意很让人舒心。快八点了，清晨出门的行人都包裹着脑袋往回走。突然街道上一阵吵闹，我往外看去，拉姆正被两个警察夹在中间带走，身后跟着一群好奇的男孩子。那喀布尔人的衣服上有血迹，其中一位警察还拿着把匕首。我赶出门拦住了他们，问出了什么事。从你一言我一语中，我大致弄明白了，一位邻居赊了那小贩一条软浦围巾，却赖账说他已经付过了钱，在争吵中，拉姆攻击了他。此时身为囚犯的拉姆正气血冲头，开始操起所有恶毒的语言咒骂他的敌人。可是我的小米妮忽然出现在家里的走廊上，像往常一样叫着："哦喀布尔人！喀布尔人！"拉姆转向他，脸色由阴转晴。今天他胳膊上没有挎着大包了,她也没法和他讨论大象的问题。于是她立马进行到下一个问题:“你要去公婆家里了吗?”拉姆笑着说:“可不是嘛,小家伙!”见他的回答没有让孩子开心起来,他举起了被拷的双手。“哎呀,”他说,“我本来可以狠揍那老东西的,可是我的手被绑住了!”

拉姆被控蓄意行凶,入狱服刑了好几年。

时间飞快地过去,而他也被忘记了。我们在习惯的地方做着习惯的事情,很少或几乎从未想起那位曾经自由的山区人正在监狱里度日。让我羞愧的是,连我那无忧无虑的小米妮,也忘记了她的老朋友。新的伙伴充实了她的生活。长大一些后,她更多时候会和女孩一起玩。事实上,她和女伴们消磨的时间太多了,以至于再也不像往常那样去她父亲的房间。我们几乎不再有谈话的机会。

很多年过去了。又是一个秋季,我们正在安排着米妮的婚事。婚礼准备在礼拜日举行。随着杜尔加女神将回到凯拉斯神山①,我们家中的明亮光彩也将转移到她的夫家,留给我们一片昏暗。

那是个明媚的早晨。雨后的空气中有着洗礼的气氛,太阳光看起来好似纯金。阳光是那样的热烈,即便是我们加尔各答的小路上那些破败的砖墙也沐浴着美丽的光辉。婚礼的管乐从黎明

① 印度神话中的神山。

就开始响起，我的心随着每一个节拍跳动着。白拉卫衣[①]悲伤的曲调似乎加深了我心中的临别之苦。我的米妮今晚就要出嫁了。

从一大早房子里就弥漫着喧哗与忙乱。院子里用竹竿支起了华盖；每个房间和走廊上都要挂上丁当作响的枝形吊灯。忙碌与兴奋是毫无止境的。我坐在书房里，浏览着账目，这时有人走进来，恭敬地行了礼，站在我面前。是那个喀布尔人拉姆。一开始我没有认出他来。他没有背包，也不再是长发，更没有了曾经的那份活力。可是他微笑了，这让我再次认识了他。

“你什么时候来的，拉姆？”我问他。

“昨天晚上，”他说，“我从监狱里被放出来了。”

这些话刺痛了我的耳朵。我之前从未与伤害别人的犯人说过话，当我意识到这点时，我的心脏紧缩起来，因为我感到如果他不出现，这一天会更吉利一些。

“我们在举行典礼，”我说，“我很忙。你可以改天过来吗？”

他马上转身离开；可走到门边时他犹豫了，说道：“我能见见小家伙吗？就一会儿？”他坚信米妮还是那个小米妮。他脑海中的画面还是她像往常一样奔跑过来，叫他“哦喀布尔人！喀布尔人！”他也曾想象他们会像以前一样一起大笑聊天。事实上，怀着对往日的回忆，他带来了一些杏仁，葡萄干和葡萄，很小心地用纸

① 印度塔拉音乐的一种。

包着。这些是从他一个同乡那里讨来的，因为他自己那点积蓄早已没有了。

我再次说道：“我们要举行一场仪式，今天你谁也见不到的。”

那人的脸色低沉了。他惆怅地看了我片刻，说道：“早上好。”就出去了。我感到一丝歉意，正想叫他回来，发现他已经自己走回来了。他走近我，拿出他的礼物，说：“先生，我给小家伙买了点东西。您能帮我给她吗？”

我接过那些东西，准备付钱给他，可他抓住了我的手，说：“你真好心，先生！记住我吧。别给我任何钱！——你有个小女孩，我家里也有个和她一样的女儿。我想起我女儿，就带些果子给你的孩子吃，不是为了赚钱的。”

他一边说着，把手伸进他的大袍子里，掏出一小块脏兮兮的纸片。他万分小心地打开它，放在我的桌上，并用双手抚平。这上面印着一只小手。这不是一张照片。不是一幅画。纸上是一只涂了墨水的小手印下的痕迹。当他年复一年地来到加尔各答，在街上买杂货时，他自己小女儿的手印一直贴在他心坎上。

泪水涌上我的眼眶。我忘记了他是个穷苦的喀布尔水果小贩，而我是——不，我比他强在哪里呢？他也是个父亲。他那遥远的家中小帕巴蒂的手掌印让我想起我自己的小米妮。

我立马去内屋叫米妮。我遇到了重重阻拦，可我拒绝听他们的。米妮来了，穿着她红色的丝绸嫁衣，前额涂抹着檀香膏，已经被打扮成了年轻的新娘，她羞怯地站在我面前。

见到她的身影，喀布尔人看起来有一点吃惊。他没法再唤起他们旧时的友情。最后他微笑着说："小家伙，你这是要去公婆家里了吗？"

可是现在米妮已经知道了"公婆"的意思，她再也没法像以前那样回答他了。站在他面前的米妮红了脸，低下了她新娘的面容。

我想起喀布尔人和我的米妮第一次见面的情景，感到很难过。她离开后，拉姆深深叹了口气，坐在了地上。他突然想到，经过这么长时间他的女儿一定也长大了，而他得重新再认识她。他肯定是找不回他曾经熟识的那个她了。而且，八年中在她身上有多少事情不会发生呢？

婚礼的乐声响起来了，秋日温和的阳光洒在我们身边。可是拉姆坐在加尔各答的小巷口，他眼前的图景是阿富汗贫瘠的山脉。

我拿出一张银行支票递给他，说道："回到你自己的女儿身边吧，拉姆，回去你自己的国家，希望你快乐的来访给我的孩子带来好运！"

送出这份礼物后，我不得削减一些婚庆的开支。计划中的电灯没有了，军乐队也要取消了，家里的女士们为此非常沮丧。而对我来说，一想到在一片遥远的土地上一位漂泊多年的父亲将要再次见到他唯一的孩子，这婚宴就更加光彩夺目。

拉什玛尼的儿子

一

拉什玛尼是卡里帕达的母亲，不过她是既当妈又当爹，因为如果父母双方都软弱的话，那对孩子是很不好的。她的丈夫巴瓦尼完全没有能力管教好孩子们。要想明白为什么他这样宠溺儿子，我们就得聊一聊他们家的旧事了。

巴瓦尼出身世家，是撒尼阿里的后代。他的父亲阿巴雅·查兰与第一任妻子生了个儿子，名叫沙马·查兰。妻子去世后，阿巴雅·查兰再次成了亲。这时候的他早已过了婚龄，新岳父便利用他的弱势为女儿争取到了一部分财产。他们约定，万一他的第二任妻子守了寡，她可以独立拥有这份财产，而不需要大儿子沙马·查兰的接济。

老岳父的一部分预测成了真。当他第二个儿子巴瓦尼出生不久后，阿巴雅·查兰就去世了。对此老人感到莫大的欣慰，深信在他自己百年之后，女儿也可以衣食无忧了。

沙马·查兰这时已经成人。事实上他自己的大儿子都比巴瓦尼要大一岁。他将巴瓦尼和自己的儿子一同抚养，并从未要过他的继母一分钱。每年他都向继母如实报账，并拿到她的一张收据。周围的人都为他的诚实所惊讶。其实他们都觉得诚实过分了简直等于愚蠢。他们并不待见这种分割祖上家产的事。假设沙马·查兰能够暗地谋划，剥夺他继母的财产，邻居们反倒会佩服他的精明；而已经有些能人准备好了，可以随时帮助他来完成这个计划。然而沙马·查兰仍旧冒着削减自己遗产的风险，严格按照约定保留他继母应得的那份嫁妆；而这位寡妇，瓦拉加·桑达里，天性深情而纯良，也把沙马·查兰当作自己亲生儿子一样信任。她不止一次地责怪他把账算得太清楚。她会告诉他，自己死后也不会把这些财产带走，总归是要还给他们家的，所以没有必要在报账时那么严格。可是沙马·查兰还是一切照旧。

孩子们都清楚，沙马·查兰是个特别循规蹈矩的人。可是巴瓦尼在家里就无拘无束，这让人感觉查兰偏爱他同父异母的弟弟胜过自己的儿子们。可惜巴瓦尼的学业没什么起色，对于自己财产的管理也完全依靠沙马·查兰。他只用偶尔在文件上签个字，想也不想上面到底是些什么内容。另一方面，塔拉帕达，沙马·查兰的长子一直担任父亲的助理，已经是个理财专家了。

沙马·查兰去世后，塔拉帕达对巴瓦尼说："叔叔，我们不能再像以前那样住在一起了，因为随时都有可能发生些小误解，引起家里的矛盾。”

巴瓦尼做梦也没想到，他会有一天不得不自己处理事务。从他出生长大以来，自己的世界向来都是完整无缺的。现在却出现了一条分割线，要把他的世界一分为二，这对他来说简直是不可理喻的灾难。当他发现塔拉帕达毫不动摇，也不理会这一举动会给家里带来的悲伤和耻辱，便开始绞尽脑汁地考虑怎样才能以最小的动静分割财产。

看到叔叔这样焦虑，塔拉帕达惊讶地说，根本没必要为这问题担心，因为从他祖父在的时候财产就已经分割好了。巴瓦尼惊呆了，“可是我一点都不知道这件事!”塔拉帕达回答道：“那你肯定是所有人中唯一不知道这件事的了。为避免在他去世后家中发起争执，祖父生前已经分给了你母亲一份财产。”巴瓦尼想着这倒也说得通，又问道：“那房子归谁呢?”塔拉帕达说：“如果你想要，你就留着这房子吧。我们可以住到市区另外一处房子里。”

由于巴瓦尼从没去过他们家市区房子，他对那里既不了解也没有感情。他倒是惊讶于塔拉帕达的大度，他那么轻易就放弃了他们土生土长的乡村的房子。可是当巴瓦尼把一切都告诉母亲时，她捶胸顿足地说：“这太荒唐了！我丈夫留给我的是我自己的嫁妆，没有多少收入。我不明白为什么你父亲的财产没有你的份呢。”

巴瓦尼说：“塔拉帕达很确定说祖父只留给了我们这块地，没有其他东西了。”

瓦拉加·桑达里震惊了，她告诉儿子她的丈夫留下了一式两份的遗嘱，其中一份就躺在她自己的盒子里。他们打开盒子，发现只有一份赠与母亲财产的契约，再没其他东西了。这份遗嘱被人拿走了。

他们叫来了顾问。来救场的人是巴加拉，他们家族里古鲁[①]的儿子。他父亲的职责是照看村里的礼教事宜；生活上的事务就留给他儿子打理。两个人分别处理人世间和人世外的事情。不管其他人怎么样，他们自己倒从没为这种分工而惹上麻烦。巴加拉说，就算遗嘱丢了，祖上留下的财产也应该平等地分给兄弟们。

就在这时，一份支持另一方的遗嘱出现了。遗嘱上完全没有提到巴瓦尼，而是将所有财产留给了孙辈们，巴瓦尼这时还没有儿子。巴瓦尼请巴加拉做他的船长，开始了诉讼的险恶航程。当他的船最终抵达港口时，他的积蓄已经消耗殆尽，家产也落到了他人手中。她母亲仅有的那块土地的价值也缩水了，只能为他们提供庇护所，勉强维持家庭的体面。随后塔拉帕达去了市区，他们再也没有见过面。

二

沙马·查兰的背叛像匕首一样刺痛了他继母的心。直到生

① 印度教等宗教的宗师或领袖。

命的最后一刻，她几乎每天都要长叹一声，说上帝不能容忍这样不公平的事。她对此坚信不疑，并告诉巴瓦尼："我不懂法律，也不懂法庭的程序，可我坚信总有一天我丈夫真正的遗嘱会被发现的。你会再找到它的。"

由于巴瓦尼在日常事务上实在是不济，母亲这种信心倒给了他很大的宽慰。他就此碌碌无为了，心中确信他虔诚的母亲的预言会实现。母亲去世后，他的信念更加坚定了，因为死亡的神秘感让关于母亲虔诚的记忆愈发强烈。年复一年，他们的日子越来越潦倒，可他丝毫没感觉到生活的压力。生活必需品和维持家庭传统——这类事情对他来说就像是临时舞台上的演出，而不是真实的东西。当他以前的昂贵衣服都穿破了，不得不去商店里买些便宜料子时，他几乎被逗乐了。他笑着对自己说："这些人并不知道我只是暂时经济拮据。等哪天我以异常豪华的礼仪来庆祝礼拜日时，他们不知会多么惊讶呢。"

他内心对未来的富足是那样有把握，以至于完全忽视了当下的困窘。他常常和仆人诺托讨论这些事情。他们曾经聊得热火朝天，有时诺托也会和主人意见相左，比如在将来某些场合是否可以邀请加尔各答的剧团过来。在这些未来的开销上，诺托总会由于他本能的吝啬而受到巴瓦尼的训斥。

当巴瓦尼为自己还没有一个继承人来接手他未来的巨大财富而烦心时，他的儿子出生了。占星师明确指出，他们失去的财产将会回到这个男孩手中。

从儿子出生那天起，巴瓦尼的性情就变了。如今他很难再以幽默而平静的态度忍受贫穷，因为他感到自己肩负了责任，对杰出的撒尼阿里家族的新成员的责任，这孩子将来会有着大好的前程。当家里无法再按照传统的奢侈仪式来庆祝孩子的出生时，他感到万分痛心。他觉得自己似乎欺骗了儿子。因此他以过度的溺爱补偿着他的孩子。

巴瓦尼的妻子拉什玛尼和丈夫不是同一类人。她从来不会为撒尼阿里家族的传统而烦心。巴瓦尼很清楚这一点，只放任一笑，对自己说，从毗湿奴派的卑微家族里出生的女人本来就没什么好指望的了。拉什玛尼也公开声明她并不没有什么家族情结，她最在乎的还是自己孩子的福祉。

巴瓦尼几乎对每个周围的熟人都提到过那份丢失的遗嘱；可他从没对妻子说过一个字。有一两次他想开口，可她的满不在乎让他放弃了这个话题。她从不关心这个家族曾经的辉煌，也不管它未来的荣誉，——她的心放在当下实实在在的需求上，这些需求无论在数量还是质量上都不是小数目。

当命运女神遗弃一所房子时，她时常会丢下一些负担。现在这个古老的家族仍被它的寄居者所拖累着，尽管这房屋本身都快要破碎倒塌了。这些寄生虫们觉得让他们做事是一种侮辱。他们闻到厨房的一点烟味都会头痛。他们一接到跑腿的差事就会突然得风湿病。这样一来所有的活儿都落在拉什玛尼肩上。当女人为了家人不得不夜以继日地去计较那些可怜的生活琐事时，她们便失去了曾经的精致和优雅，却又为此受到家人的指责。

除了做家务，拉什玛尼还要管理他们那一小块地产的所有账目，定期去收租金。家中的财政从未被管得这样严格。巴瓦尼自己从来没有能力去收租；而拉什玛尼不能容忍租金有任何短缺。自从她来了以后，佃户们，甚至她自己的代理人都在背后骂她刻薄。连她丈夫有时也抗议她管账太过严厉，实在是有失著名的撒尼阿里家族的体面。

拉什玛尼情愿这些指责都落到她身上，并公开承认她出身贫穷。她将纱丽的一角紧紧系在腰间，继续精力充沛地忙家务，任由家中的寄居者和周围邻居都厌恶她。可是也从没有人敢妨碍她。她只会小心翼翼地避免一件事。她从不让她的丈夫帮她做任何事，生怕他对任何事负起责来。事实上她总是努力地保持丈夫的闲适；而由于丈夫在无所事事这方面最是在行，她在这项任务上也算非常成功。

儿子出生之前，拉什玛尼就已到中年了。到了这时候，她将心中所有被压抑的母性和所有妻子的爱都倾注到了这位心思单纯、一事无成的丈夫身上。巴瓦尼就是一个与自然年龄不相符的大孩子。正因为如此，在丈夫的母亲去世后，她不得不扮演起母亲和爱人的双重角色。

为了保护丈夫不受古鲁的儿子巴加拉和其他人的欺负，拉什玛尼整天黑着一张脸，叫丈夫身边的人都特别怕她。她从来都没有机会像其他女人一样藏起凶悍的一面，打磨尖刻的言辞，也没有机会在男人面前维持女性该有的高贵矜持。

巴瓦尼自己很温顺地忍受着妻子的权威，可是一牵扯到儿子卡里帕达时，他就没法做到再听从她。原因是拉什玛尼从来没有从巴瓦尼的视角来看待他们的儿子。她打心眼里可怜她的丈夫，说："可怜的人，他并没有错，生在富人之家时他的不幸。"这也让她不指望丈夫曾经的舒适生活被剥夺。不管家里的经济状况如何，她都尽力去保证他习以为常的悠闲和富贵。在她的管制下所有的开支都有严格限制，只有巴瓦尼例外。即便他的饮食和服饰上有了不可避免的改变，她也想方设法不引起他注意。她会假装抱怨有只狗吃掉了本来没有的饭菜，并对自己的疏忽感到抱歉。她还会责怪诺托弄丢了一些莫须有的名贵衣物。这常常会引发巴瓦尼对他最钟爱的仆人的同情，并为他辩护。事实上巴瓦尼经常会厚着脸皮承认是他自己经手了些从未有过的衣物，诺托是因为他的过失而受责骂；而随后发生的事，是他根本没能力再编故事，只得依靠原告——他妻子的丰富想象力。

拉什玛尼就是这样对待她丈夫的，不过她对儿子就两样了。毕竟这是她自己的孩子，他有什么理由神气活现的呢？卡里帕达能吃上有一把炒米和几勺糖浆的早餐就应该知足了。在寒冷的天气里，他用一块粗糙的厚方巾围着脑袋和身子。她当面警告儿子的老师，如果他学习有丝毫不认真，就不要对他客气。自打巴瓦尼·查兰落魄以来，儿子受到的管教是对他最沉重的打击了。不过由于他总是在强权面前甘拜下风，他也没有胆量在教育儿子的问题上和妻子唱反调。

礼拜日时，拉什玛尼给儿子穿的衣服用的是最廉价的布料，在过去这家的仆人如果接到这样的料子都会暴跳如雷。可拉什玛尼不止一次地和她丈夫解释道，卡里帕达作为乔杜里家的新进成员，从不了解他们往日的富贵，所以他对现在拥有的东西也是很满意的。可就是这孩子对自己命运的天真无知成为了巴瓦尼最深的伤痛，他无法原谅自己对孩子的欺骗。每当卡里帕达收到妈妈给的一份可怜的小礼物，欢呼雀跃地冲过去拿给爸爸看时，巴瓦尼的内心就备受折磨。

古鲁的儿子巴加拉现在生活富足，正是他帮巴瓦尼代理的那场倒霉官司带给了他不菲的收入。那时他趁着礼拜日快要到来，用手上的钱从加尔各答买来一些便宜的杂货。隐形墨汁——手杖、鱼竿和雨伞和为一体的古怪东西——角落上印有漂亮图案的信纸，——拍卖会上买到的织物，还有其他这类让朴实的村民们眼花缭乱的东西，——他在集市上兜售这些货物。村里所有新潮的年轻人都为了提高自己的品位而竞争，他们听说城里的上流人士都必备这些物品，于是争相购买起加尔各答的地摊货。

有次巴加拉买来一个绝妙的玩具——一个长成异国女子的玩偶，——当转动发条时，她会猛地从椅子上升起，活泼地给自己扇扇子。卡里帕达被迷住了。他自知不应该去找母亲买这个玩具；于是他直接跑去父亲那里，请求他买给他这个玩偶。巴瓦尼一口答应，可当他听到价格时，惊得下巴都掉了。拉什玛尼管着所有的钱，然后他像一个胆怯的乞丐一样去找她。他一开始尽扯一些不相干的事情，然后突然铆足了劲切入到这个话题，完全没有过渡。

拉什玛尼简短地说了一句："你疯了吗?"巴瓦尼·查兰静静地坐着，转动脑筋想着后面该怎么说。

"这样吧，"他说道，"以后我不用每天都吃牛奶布丁的。"

"谁告诉你的?"拉什玛尼尖着嗓子说。

"医生说了这对胆囊不好。"

"医生就是个蠢货!"

"不过我肯定我更适合吃米饭而不是你的菜谱。它们太难消化了。"

"我没见你有一点点消化不良的症状。这些你都吃了一辈子了!"

巴瓦尼·查兰都准备好了作出牺牲，可这条路没能行得通。酥油也许会涨价，可他的烙饼从未减过分量。午饭时的牛奶对他来说已经够了，可是家里还会给他上一份凝乳，因为这是家族的传统。如果他的饭桌上没有送来凝乳，拉什玛尼是看不下去的。因此他削减自己日常花销的一切尝试都以失败告终，那位扇扇子的外国玩偶也没能进家门。

巴瓦尼跑去拜访了巴加拉，他兜了个大圈子之后提到了那个外国玩偶。尽管他一直以来没有瞒过巴加拉自己的处境，但是这次手头没有现金买玩偶还是让他十分苦恼。他咽下自尊心，拿出胳膊下面夹着的一块昂贵的克什米尔披肩，用沙哑的嗓音说："目前我的条件不好，没有多少现金。所以我决定把这块披肩抵押给你，为卡里帕达买下那个玩具。"

其实巴加拉的货物远不值这块克什米尔披肩的价格，照他的脾气原本会立马成交的。可是一想到他不可能在众目睽睽之下把这披肩据为己有，更不能围着它出现在拉什玛尼眼皮底下，他还是拒绝了；巴瓦尼只得把披肩藏在胳膊弯里，失望地回了家。

卡里帕达每天都要问起那个外国玩偶，每次巴瓦尼都笑着说："再等一等，我的儿子，等到月圆后的第七天就有了。"可是每过一天他脸上的笑容就僵硬一分。

到了第四天，巴瓦尼对妻子来了突然袭击，他说："我注意到卡里帕达有点不对劲，——他身体出了点问题。"

"胡说，"拉什玛尼说，"他身体棒着呢。"

"你没发现他一坐几个小时都不说话吗?"

"他要能安静几分钟，那我真是谢天谢地了。"

当他所有的努力都没击中目标，也没产生任何影响时，巴瓦尼·查兰深呼一口气，挠着头发走开了。他在阳台上坐下，开始专心致志地抽烟。

到了第五天吃早餐的时候，巴瓦尼没有碰面前的凝乳和牛奶布丁。晚餐时他只吃了一片三明治，动也没动他的套餐。他抱怨着没胃口。这回他对妻子建立的坚固秩序进行了可观的打击。

第六天，拉什玛尼把卡里帕达叫进房间，轻柔地唤着他的小名，说：“贝图，你已经长大了，你得明白不能去奢望自己不该拥有的东西。”

卡里帕达抽泣着说：“我怎么知道？父亲答应会送给我那个玩偶的。”

拉什玛尼坐下来开始对儿子解释，在他父亲的承诺背后，有着多少痛苦，多少慈爱，以及多少失落和困窘。拉什玛尼这辈子从未对儿子这样说过话，因为她早已习惯了吩咐简短明确的指令。看到母亲花这样长的时间哄他和他讲道理，男孩觉得十分惊奇。尽管还是个孩子，他也能理解母亲内心深处的挣扎。但同时他自然对失去那个外国玩偶不能释怀。他拉长了脸，开始抓挠地板。

这让拉什玛尼一下子又心硬了，她用严厉的口气说道：“好啊，你可以哭，你可以生气，但你永远别想得到不属于自己的东西。”她再没说一个字，匆匆走开了。

卡里帕达走出房间。巴瓦尼·查兰在抽水烟。他看到不远处的卡里帕达，就站起身，装作有什么急事朝相反方向走开了。卡里帕达却跑向他，说道："可我的玩具呢？"那天巴瓦尼的脸上没能挤出笑容。他伸手搂住卡里帕达德脖子对他说：

"小伙子，稍等一下。我有很急的事情要办。让我先办完事，然后我们再讨论这个吧。"他说着走出了家门。

卡里帕达看见父亲从眼角抹去一滴泪。他站在门边看着父亲，现在连他都明白了父亲并没有确定的去处，而是背负着无法解脱的绝望在乱走。

卡里帕达马上回去找到母亲，说："妈妈，我不想要那个外国玩偶啦。"

那天上午巴瓦尼·查兰很迟才回家。当他洗完澡后坐下来吃饭时，大家明显看出来他和前一天一样并不待见桌上的凝乳和牛奶布丁，而那块最好的鱼估计要用来喂猫了。

就在这个关键的时刻，拉什玛尼拿来一个缠有线轴的纸板盒子，放在丈夫面前。她原本是打算等丈夫吃晚饭准备小睡时再揭开这个盒子的秘密的。可是为了挽救桌上的凝乳、布丁，和鱼，她不得不提早打开了盒子。于是一个外国玩偶跳出盒子，并自如而卖力地给自己扇起扇子来。

在这以后，猫儿只能失望地走开了。巴瓦尼对妻子表示，这是他尝过的最美味的一顿饭了。鱼汤美味无比，凝乳很少会做得这样恰到好处，而牛奶布丁也是极好。

在满月的第七天，卡里帕达得到了他苦苦思念的玩具。他一整天都让那个外国小人儿给自己扇着扇子，让他其他所有的玩具都嫉妒她。这表演也会不时地让他感到无趣，可一想到第二天就要把玩具还回去，他便毫不犹豫地坚持了下去。拉什玛尼以每天两个卢比的价格从巴加拉那里租来了玩偶。

第八天，卡里帕达叹着气，亲手把玩偶、盒子和线轴还给了巴加拉。从那天起卡里帕达开始和他母亲一样自信起来，而巴瓦尼每年都能出奇容易地送出昂贵的礼物，连他自己都感到意外。

在母亲的帮助下，卡里帕达开始明白了，在这世界上无论想要得到什么，都得付出痛苦的代价。这时他的心智便迅速成长起来，成了母亲料理日常事务的得力助手。他心中坚信这一生活的自然法则：没有人该成为这世界的负担，而每个人都应尝试去减轻这负担。

当卡里帕达在语言考试中赢得了奖学金时，巴瓦尼提出他应该放弃学业来接手家中财产的管理。卡里帕达找到他母亲，说："如果我不完成学业，就永远不会成为真正的男人。"

母亲说："你是对的，孩子。你得去加尔各答。"

卡里帕达解释道他已不用家里为他花一分钱；他的奖学金足够他生活了，他还会打些零工来补贴自己。

可他们还得在这件事上说服巴瓦尼。拉什玛尼不想指出家中财产实在少得可怜，没必要管理；因为她知道这样会伤害到丈夫。她边说卡里帕达必须成为一个人人都敬重的人。然而乔杜里家族的所有人都不用踏出撒尼阿里一步就能获得大家的敬重了。对他们来说外面的世界就像来生一样未知。因此，巴瓦尼无法想象卡里帕达这样的男孩为什么要去加尔各答。可幸运的是，村里最聪明的人，巴加拉，赞成拉什玛尼的看法。

“这很明显，”他说，“将来，卡里帕达会成为一名律师；到那时他会好好解决家族财产被夺这件事的。”

这一点对巴瓦尼·查兰是极大的慰藉，于是他找出遗嘱被偷的记录文件，通过每天的谈话试图向卡里帕达叙述整件事。可是儿子对此并没有多少热情，而仅仅是附和一下父亲对这桩错事的感慨。

卡里帕达离家去加尔各答的前一天，拉什玛尼在他脖子上套了一个装有符咒的护身符，以保佑他不受恶灵侵扰。同时她还给了他一张五十卢比的现金支票，告诉他在紧急的时候用。这张支票象征着母亲这些年为了生活不计其数的自我贬损，是卡里帕达真正的护身符。他下决心保存着这张支票，无论发生什么也不用它。

三

从这以后，巴瓦尼不再那么频繁地没完没了讨论遗嘱失窃的事情了。他的一个谈话主题便是卡里帕达在求学中遇到的奇妙经历。卡里帕达真的在加尔各答城里上学了！卡里帕达对加尔各答可是了如指掌！胡格力附近的恒河上要建一座新的大桥了，卡里帕达是第一个听到这个伟大新闻的人！每到他收到儿子来信的那天，他都跑去村里每一户人家，给邻居们读他的信，几乎都没空把眼镜从鼻梁上拿下来。来到一户新人家时，他会极其从容地从盒子里拿出眼镜；然后他会用腰布的一角仔细擦拭；然后，一字一句地，他会对一个又一个邻居把信从头念到尾，然后补充以类似这样的评价：

“兄弟，听着！这世界要变成什么样子啊？连狗和豺狼都能穿过圣洁的恒河，而不用洗去它们脚上的尘土了！谁能想象这样大逆不道的行为啊？”

这无疑是件可悲的事情；可是无论如何从儿子的信中得到这样重要的一手消息，也给了巴瓦尼·查兰一种特别的满足感，这远远弥补了这种必将袭击现世中无数生灵的精神灾难。他见到每个人都庄严地点点头，预言道：母亲河恒河很快就会完全消失了；并且他始终抱着希望，某一天会在儿子的信中得知这一重大消息。

卡里帕达通过艰苦的努力，挣足了钱维持生活，直到他通过了大学入学考试，再次获得了奖学金。巴瓦尼立即决定摆酒席邀请全村的人，因为他想当然地觉得儿子已经成才，他们也不会再有经济问题了。可是拉什玛尼一点都不支持他。

卡里帕达运气很好，他在学校旁边的学生宿舍里找到了住处。房东给了他地下室里一间不用的小屋子。他给房东的儿子当家教以抵房租和伙食。这里很大的好处是不用和别人同住。尽管屋子不通风，但他可以专心学习不被打扰。

那些交房租住在楼上的学生们和卡里帕达本无交集；可是过不久他就清楚地体会到了，楼上的学生可以毫不费力地往下面乱扔东西。楼上学生的头儿叫塞林。

塞林来自一个富贵的家族。其实他并没有必要住在乱哄哄的学生宿舍里，可他努力说服了长辈们，声称住在这对学习是有好处的。真正的原因是塞林天性不喜独处，学生宿舍是他结交朋友又不必负任何责任的理想场所。塞林坚定地认为自己是个好人，一个情感丰富的男人。这种自我认可的妙处就在于并不需要实际行动来证明。虚荣心可不像马和大象那样需要消耗昂贵的草料。

尽管如此，由于塞林很有钱，他并不愿意让自己的虚荣心仅仅在草地上觅食；他怀着特有的骄傲喂饱它。他天生喜欢帮助别人，这是值得赞扬的，可是他这种助人的需求一旦受到别人的拒绝，他就会立马翻脸，并尽可能地给别人制造麻烦。他的狐朋狗友们拿着塞林帮他们买的戏票，有时还能享用到免费的酒宴。他们可以问他借钱，也根本不用打算还。当新婚的年轻人不知道该给妻子买什么礼物时，他都会向有品位的塞林请教。在这些情况下，害相思病的小伙子会拉着塞林去商店，装作要挑件最便宜最不合适的礼物；然后塞林便露出嘲弄的笑容阻止他，并选出合适的一件。当问到价格时，年轻的丈夫便拉长了脸，可是塞林总是会坚持他做出的选择，掏钱付账。

就这样，塞林成了楼上学生们公认的资助人。这让他不能容忍任何无礼拒绝他帮助的人。事实上，以这样的方式帮助别人已经成了他的嗜好。

那时候，卡里帕达时常穿着破旧的毛衫，坐在一块脏垫子上，在他潮湿的地下室里温习功课，随着口中语句的节奏摇头晃脑。他实在是必须拿到明年的奖学金。

卡里帕达来加尔各答之前曾经和母亲保证过，他不会结交有钱的年轻人。因此他独自承受着贫困，并和家境良好的学生们严格保持距离。

然而对塞林来说，像卡里帕达这样穷的学生竟然敢高傲到拒绝他的赞助，实在是太过分了。除此之外，卡里帕达的衣食住行都公开暴露着自己的贫穷，这让塞林深感有失体面。每次他往下看到卡里帕达的屋子，看到他廉价的衣服，肮脏的蚊帐，还有破旧的床铺，他都觉得脏了自己的眼睛。每当他上楼走向自己的房间，他都无法容忍看到这些东西。最最极品的是卡里帕达脖子上挂的诡异的护身符，而他每天对此虔诚的祈祷实在是土得掉渣，荒唐至极呀!

有一天塞林和他的跟班们屈尊邀请卡里帕达吃饭,想着他必定会感激涕零。可是卡里帕达回复道,他生活习惯和大家不同,所以不能接受这样的宴请。这样的拒绝让塞林很不习惯,他受辱的善行激起了内心的怒火。这件事之后很多天,楼上都一直传来巨大的吵闹声,这让卡里帕达无法安心学习。这些天大部分时间他不得不去公园里度过,并且起得特别早,天还没亮就早早坐起学习了。

由于经常吃不饱,用脑过度,住所的空气也不好,卡里帕达开始频繁出现头疼的症状。有时他不得不在床上一躺三四天。可是他在写给父亲的信中从不提及自己的病痛。巴瓦尼自己倒是很有把握,正如他的村子周围的庄稼等级分明,加尔各答的土地上必定是有各种享不完的福气。卡里帕达从不反驳父亲的错误观点。即使是病痛突然发作时,他也坚持写信给父亲。那阵子楼上学生的有意吵闹也加重了他的病情。

卡里帕达尽可能地表现低调,以免惹人注意;可是这并没有给他带来解脱。有一天,他发现自己的一双便宜的鞋被拿走了,换成了一双名贵的外国鞋。他是不可能穿着这样不相称的鞋去上学的。他没有抱怨什么,而是去补鞋匠那里买了双旧鞋穿。又有一天,有个楼上的学生来到他屋里问道:“你有没有错拿了我的银烟盒啊?”

卡里帕达生气了，他答道："我从来都没进去过你的房间。"

那人朝地下一弯腰。"哎哟！"他说，"可不就在这嘛！"他从屋角捡起那个价值不菲的烟盒。

卡里帕达下了决心，他一通过中期考试就会离开这里，前提是他能拿到奖学金。

每年住在这里的学生们都会举行典礼，膜拜知识女神萨拉斯瓦蒂。尽管大部分费用是由塞林支付，但每个人都会出个份子。前一年他们都不屑让卡里帕达出钱；可是这一年，仅仅是为了取笑他，他们带着捐款簿来了。卡里帕达马上给了五个卢比，尽管他并不打算去参加宴会。一直以来与他同住这栋楼的学生们都瞧不起这个穷小子，可是这意外的五个卢比叫他们咽不下这口气了。一年一度的典礼都举办得很奢侈，五个卢比在花费中实在微不足道，然而对于卡里帕达来说这些钱却分外重要。在房东家中，他是无法决定饮食供应的时间的。除此之外，当仆人们给他端来吃的，他也不愿意去抱怨饭菜的好坏。他本来是宁愿自己另外花钱加餐的。可是自从被迫花掉了他的五个卢比之后他只得放弃加餐，独自承受后果。他的头痛发作越来越频繁了。尽管通过了考试，可他没有拿到自己一直盼望的奖学金。

没了奖学金，卡里帕达只好又打了一份工做家教，而且仍旧窝在那间不健康的小屋里。楼上的学生们本以为不会再看到他了。可是每天地下室的门都会准时打开。卡里帕达永远披着他那间脏兮兮的旧格子外套走进门里。一个希尔达车站的苦力从头上取下只铁皮箱子和一堆杂乱的行李，放在小屋的地上；随后而来的是关于运费该付多少的长时间争论。

在那些行李中塞着母亲特意为他准备的芒果干和其他小食。卡里帕达很清楚，当他不在的时候，住楼上的那些家伙为了寻找笑料，是会毫不犹豫地偷偷潜进他屋子里的。

他极其焦虑地将家乡带来的礼物藏起来，免遭那些人残忍的调查。这些礼物象征着家人的情意，在他心中尤为珍贵。可对于那些城里的孩子，它们仅仅代表着乡下佬的穷困和粗鄙。那些陶土罐子质地粗糙，上面盖的也是土烧的盖子，用面糊封着口。它们既不是玻璃的也不是瓷的，当然会被城里人嗤之以鼻。

以前卡里帕达都会把这些东西藏在床底下，上面盖上旧报纸。可是这次他有所防备，即使只出去几分钟，也会锁上房门。这一举动又进一步惹怒了塞林和他的伙伴们。在他们眼中，这间屋子穷得连盗贼看到了都会同情落泪，却还像孟加拉银行那样看得那么紧，实在是荒谬。“他不会真相信，”他们讨论着，“我们会忍不住去偷他的破外套吧？”

塞林从未去过这间阴暗霉湿，墙灰哗哗直掉的屋子。每当他上楼时朝这儿瞟一眼，尤其是晚上看到卡里帕达光着上身，坐在呛人的油灯旁边埋头看书时，这情景都让他感到窒息。塞林让他的同伴们去地下室探个究竟，看看卡里帕达到底藏了什么财宝。

大家都觉得这个主意太好玩了。

卡里帕达的门锁很廉价，基本上什么钥匙都能鼓捣开。有天晚上趁着卡里帕达出去代家教，两三个学生兴高采烈地提着灯笼撬开了他的房间。他们毫不费力就发现了床底下的酸辣酱坛子，可这些东西看起来并不足以让卡里帕达如此小心地看护。他们继续翻找，在枕头底下发现了一把钥匙。他们用钥匙打开铁皮箱子，找到了一些脏衣服，书本，还有手写的文稿。他们正捏着鼻子准备关上箱子时，发现在最底层有个袋子，上面包了快脏兮兮的手帕。打开三四层包装后，出现了一张五十卢比的现金支票。这发现引得大家哄笑起来。他们坚信卡里帕达就是因为这五十卢比才小心翼翼，把世人都当成了觊觎他财富的贼。

这种无端的戒备又加深了他们对卡里帕达的厌恶。就在那时，外面传来脚步声。他们赶紧关上箱子，锁好门，拿着那张支票跑上了楼。

塞林被逗乐了。尽管五十卢比不值一提，但他绝对想不到卡里帕达的箱子里会有这笔钱。他们都期待着看楼下的怪胎发现这项损失后会怎么样。

那天晚上卡里帕达带完家教回来时已经很疲倦，都没有注意到屋里被弄乱了。一阵剧烈的头痛又袭来，他便直接倒床睡去了。

第二天，当他从床底下掏出箱子找衣服时，发觉箱子是开着的。他想着自己平时都很小心，不过也有可能前一天忘记锁箱子了。可他打开盖子，里面一面混乱，母亲给他的那张支票不见了。他心里轰然一响。他一遍又一遍地翻找，却无济于事，当确定钱丢了后，他把自己扔在床上，像死人一样一动不动。

就在那时，楼上响起一阵接一阵的脚步声，还不时爆发出哄笑声。他突然想到，钱并不是被偷了。那笑声一定是塞林和他的同伴们拿着支票在取乐。如果真是被小偷偷了，他心里还不会这样难过。对于他来说，这帮小伙子正将不敬的手伸向他母亲的心头。

平生第一次，卡里帕达爬上那些台阶，向楼上跑去——他身上挂着毛衫，——怒气和病痛使他满脸通红。那天正是星期日，塞林正和同伴们坐在阳台上，谈笑风生。冷不丁地，卡里帕达朝他们爆发了，吼道：

“把支票还给我！”

如果他低头乞求他们，也许还能得到些怜悯。然而他怒气冲冲的样子惹恼了众人。他们从椅子上跳起来说：

“你什么意思，先生？你在说什么？什么支票？”

卡里帕达叫道：“你们从我箱子里拿走的支票！”

“你怎么敢这样讲？”他们也朝他吼道，“你在说我们是小偷吗？”

此刻如果卡里帕达手中有武器，他定会杀掉他们其中某人。

可正当他要跳起来时，众人推倒了他，七手八脚地把他拖下楼，扔进了他自己的屋子。

塞林吩咐伙伴们："给，拿着这张一百卢比的支票，扔给那条狗！"

他们都大声喊道："不！先让他爬过来给我们写封道歉信。然后我们再考虑给他钱！"

晚上，塞林一伙人都按时上床，混沌入睡了。早晨醒来时他们几乎忘记了卡里帕达。可当有人经过他房门时，听见了说话声，以为他正忙着找律师申诉呢。门从里边反锁了。他们试着偷听，却没听到任何有关法律的言语。只有些语无伦次的胡话。

他们报告了塞林。他下了楼，贴近屋门细听。唯一能清楚辨认出的单词就是"父亲"。塞林吓了一跳。他心想，卡里帕达不会因为失去这五十卢比而伤心疯掉了吧。塞林叫了他几声："卡里帕达先生！"可是没有回音。屋里的喃喃自语还在继续。塞林又喊道："卡里帕达先生，请开下门。你的支票找到了。"可屋门仍然紧闭，屋里的人还在低语。

塞林从未想过会是这样的结果。他并未在跟班面前表现出悔意，可心中还是十分不安。有人提出建议要破门而入；其他的认为最好叫警察来。——因为卡里帕达也许精神错乱了，会很危险。塞林马上叫来一位住在附近待命的医生。他们撬开房门时，看见床上铺盖已经散落一地，卡里帕达躺在地上昏迷不醒。他浑身抽搐,胳膊乱挥,嘴里还说着胡话,睁着发红的眼睛,脸也烧得通红。医生给他做了检查,问他是否有亲人在附近,因为情况比较严重。

塞林说他一无所知,不过会去调查。于是医生建议马上把病人移到楼上的房间去,安排合适的人日夜护理。塞林把他带去了自己房间,又遣散了众人。他拿来一些冰块放在卡里帕达额头,开始亲手为他扇扇子。

之前卡里帕达怕受别人嘲笑捉弄,都很小心地隐瞒了他父母的姓名和住址。塞林没有别的办法,只有去翻找他的箱子。他找出了两捆用丝带系着的信。其中一捆是他母亲的信件,另外的则是他父亲的。母亲的来信要比父亲的少一些。塞林关上门,开始读那些信。当他看到信上的地址时,吃了一惊,——撒尼阿里,乔杜里家族;——然后是他父亲的名字:巴瓦尼。他合上那些信,静静坐下,盯着卡里帕达的脸。有朋友曾偶尔提起过,自己和卡里帕达长得有些像。但他觉得这话是对自己的侮辱,并不相信。今天他才发现真相。他知道自己的祖父,沙马·查兰,有个同父异母的兄弟名叫巴瓦尼;可是这家族后来的历史他就一直被蒙在鼓里了。他甚至不知道巴瓦尼有个儿子叫卡里帕达;他也从未想到过巴瓦尼会穷困潦倒到这地步。现在他不仅松了一口气,还为自己的亲戚卡里帕达感到自豪,因为他曾拒绝被纳入塞林的被保护人中。

四

由于他的同伴们几乎每天都会欺负卡里帕达，塞林犹豫着还要不要将他再安置在大家的住处。于是他另外租了一处合适的房子让他待在那里。巴瓦尼一接到塞林的信说儿子病了，就急忙赶到了加尔各答。拉什玛尼再也不像以前那样不许丈夫在儿子身上花一分钱了。按规矩，没有绝对的授权，乔杜里家族的女眷是不能轻易离开家去加尔各答的，因此她只好让丈夫先走，自己留下向各路守护神做祷告。当巴瓦尼赶到时，卡里帕达仍旧昏迷不醒，神志不清。当他听见儿子叫自己“马沙大人”时，他的心都要碎了。卡里帕达在精神错乱中时常这样叫他，他试着让儿子认出自己来，却没有用。

医生又来了一趟，说烧开始退了。他觉得情况已经有所好转。在巴瓦尼心中，他无法想象儿子不会好起来。他必须活下来：他注定要活下来的。塞林的举止让巴瓦尼印象深刻，认为他们真像是出自同一高贵家族的人。他猜想塞林的大方和善良一定是归功于他在城里所受的教育。巴瓦尼在塞林面前以轻蔑的口气提起乡下人的粗鄙习惯，其实他忘了自己也是乡下人中的一员。

卡里帕达的烧渐渐退了，人也恢复了清醒。当他醒来发现父亲坐在自己身边时，真是无比吃惊。他的第一反应是担心父亲发现了他现在窘迫的生活状况。可他更难忍受的是怕父亲的乡下举止会成为楼上那帮人的笑柄。他环顾四周，却认不出身处何地，不知道自己是不是还在做梦。然而很快他就觉得太虚弱了根本无法思考。

他以为是父亲帮他搬到了这个更好的住处，可他现在没有力气去计算自己是否能承担这笔费用。此时此刻他唯一的念想就是他必须活下来，为此他需要这世界的一点支持。

父亲不在的时候，塞林端着一盘葡萄进来了。卡里帕达弄不清怎么回事，以为这又是个什么恶作剧。他立马激动起来，想着怎样使父亲免受这种烦恼。塞林把果盘放在桌上，谦卑地握住卡里帕达的双脚，说道："我犯了太大的错，请你原谅我吧。"

卡里帕达震惊地从床上坐起。他能看出塞林是真诚地悔过，并被深深打动了。

其实，第一次来到学生宿舍时，卡里帕达就觉得被这个英俊的年轻人深深吸引。每次塞林上楼经过他的小屋时，他都目不转睛地看着他的脸。他本愿不惜一切代价与他做朋友，可他们之间的差距实在太大了。而今塞林给他送来葡萄，并恳求他的原谅时，他静静地看着他的脸，静静地吃着葡萄，满心悔意。

卡里帕达很好笑地看到父亲和塞林之间的亲密关系。塞林曾称呼巴瓦尼·查兰为"祖父"，并充分利用孙子的身份和他玩笑。他们之间的玩笑主要是围绕那位并不在场的"祖母"。塞林承认说他趁着卡里帕达生病时偷吃了他的“祖母”亲手做的可口酸辣酱。他的这种“偷窃”行为让卡里帕达十分开心。他发现只要能有人欣赏母亲亲手做的东西，他就能轻松释怀了。因而病后康复的这段时期成了卡里帕达一生中最快乐的时光。

在这份纯粹的快乐中只有一个缺憾。那就是卡里帕达怀着极强的自尊心，这让他对家中曾经的富裕生活只字不提。因此一听到父亲说起他们往日的荣华，卡里帕达就躲开了。巴瓦尼无法隐瞒他生命中那个重大事件——遗嘱的丢失，他坚信总有一天还会找到它。以前卡里帕达总把这当成父亲的一种狂热爱好，时常和母亲串通一气，取笑父亲的这个软肋。可是当父亲对塞林说这件事时，他便羞愧地畏缩起来。他特别注意到塞林并不喜欢这种谈话，也常常怀着某种情感想要证明它的荒唐之处。可是在其他重要事件中都习惯退让的巴瓦尼，在这个问题上却坚定不移。卡里帕达便试着安抚他说，没有必要为这事操心了，因为现在他的侄儿们正享受着美好的生活，这和他自己的孩子过上好日子也没什么两样了。

这样的谈话中，塞林无法忍受太久，就会离开房间。这让卡里帕达心痛，因为它觉得塞林一定误解了自己的父亲，把他当成了一个贪婪又俗气的老头子。塞林很久以前就想坦白自己和卡里帕达父子的亲戚关系，可是关于遗嘱被盗的谈话阻止了他。他很难相信自己的祖父或者父亲偷了那份遗嘱；另一方面他也认为巴瓦尼确实受到了残忍不公的待遇，失去了祖先留给他的财产。因此每当这个话题被提起时他都放弃了争论，并借故尽快走开。

尽管卡里帕达晚上还会头痛，还伴着低烧，可他并没有在意。他焦急地想要补回功课，因为他觉得万一再次错过奖学金，那就太可怕了。他开始悄悄地学习，并不再严格遵照医嘱。卡里帕达请求父亲回家，保证说自己已经恢复健康了。巴瓦尼一直在妻子的照料下生活，也很着急想回去。因此他都没有等到儿子催促他。

准备动身的那天早上，他去和卡里帕达道别，却发现儿子病得厉害，脸烧红了，全身发烫。他半个晚上都在一页一页地背诵逻辑课文，后半夜根本就睡不着了。医生把塞林叫到一边。“这次病情复发，”他说，“有生命危险了。”于是塞林对巴瓦尼说：“病人需要母亲的照顾，她一定要来加尔各答了。”

拉什玛尼赶到时已是晚上，她只看着儿子活了几个小时。她不知道丈夫该怎样面对这样的打击，于是强忍了自己的悲痛。她的儿子和丈夫融为了一体，于是她以自己破碎的心承担了死者和生者的重负。她对她的上帝说：“这简直让我无法承受啊。”可她还是承受了下来。

五

这是午夜时分。回到乡下的家中后，拉什玛尼因为满心悲痛已经筋疲力尽，很快就睡去了。可是巴瓦尼一夜未眠。他在床上辗转反侧了很久后，深深叹了口气，说：“仁慈的上帝呀！”然后他起床走了出去。他走进卡里帕达儿时读书的房间。他用颤抖的手举起台灯。木头椅子上还放着破了洞的，布满墨迹的褥子，那是拉什玛尼多年前亲手做的。墙上还留着炭笔演算的几何和代数公式。《皇家文学读本》第三卷和一些练习册散落在书架上。他幼年时期的一只旧拖鞋被落在积满灰尘的角落里，许久都不在人们的视线内了。而今天它却看起来那么重要，世界上任何耀眼的物品都不能再掩盖它。巴瓦尼把台灯放回壁龛，在木椅上静静地坐下来；他的眼眶干干的，可他总觉得呼吸困难一般，嗓子呛得难受。

巴瓦尼打开东边的百叶窗，直直地站在窗口，双手攥着铁栏杆，凝视着外面的黑暗。透过细密的雨丝他能看到外墙尽头树丛的轮廓。就在那地方卡里帕达曾建造了自己的花园。他亲手栽种的西番莲已经长得郁郁葱葱。看到这些花儿，巴瓦尼觉得一阵窒息般的心痛直涌到嗓子眼。如今他的每一天不再有什么可等待和期盼的了。暑假快要来了，可是没有人会回到家中，回到那空置的屋子，使用那些熟悉的老家具了。

“我的儿啊！”他哭了起来，“噢天哪，我的儿啊！”

他颓然坐下。雨下大了。他听见草丛和干枯的树叶间传来脚步声。巴瓦尼的心跳都要停止了。他希望那是……这是他最最奢侈的希望。他想是卡里帕达回来看自己的花园了,——而这样大的雨里他会淋得多湿啊！这担心让他坐立不安。随后有人在窗户的铁栏杆前站了一会儿。他披着斗篷,因此巴瓦尼无法看清他的脸,可他的身高和卡里帕达一模一样。

"亲爱的!"巴瓦尼叫道,"你来啦!"他冲过去打开门。

可当他跑出去时,那儿已经没有人了。他冒着大雨在花园里走来走去,可是没找到一个人。他原地站了一会儿,提高嗓音呼唤着——"卡里帕达,"可是没有人答应。睡在牛棚里的仆人诺托听到了他的喊声,诺托走出来,连哄带劝请他回了屋。

第二天早晨,诺托扫地的时候,在那扇有栏杆的窗户下面发现了一个包裹。他拿去给巴瓦尼看,后者打开包裹,里面是一份很老的文件。他戴上老花镜看了几行,飞快地跑去拉什玛尼跟前,把那张纸交给她。

拉什玛尼问:"这是什么啊?"

巴瓦尼回答:"这就是那份遗嘱!"

"谁给你的?"

"他本人昨天晚上来给我的。"

"你要怎么处理它呢?"

巴瓦尼说:"我现在已经不需要它了。"然后他把遗嘱撕成了碎片。

当村里人知道这消息后,巴加拉自豪地点点头说:"我之前不是预言过吗，遗嘱会通过卡里帕达的手回来的。”

可是杂货店的拉姆茶兰答道：“昨天晚上那班十点钟的火车到站后，一位很英俊的年轻人来到我店里，问乔杜里家怎么走，我记得当时他手里拿着一个包裹呢。”

“胡扯。”巴加拉说。

马沙老师

一

阿达尔巴布依靠着祖产的利息度日。平时只有破产者和贷款中介才会来到他的客厅抽起银钩的水烟,要么就是律师事务所的人过来讨论关于抵押贷款或邮票费用的话题。他把钱看得特别紧,即使是镇上足球队里最皮厚难缠的男孩也弄不清他口袋里有几个钱。

我们的故事开始时,一位新客人来到了他家中。在一段漫长而绝望的等待后,他的妻子,娜尼巴拉,终于生下了一个儿子。

孩子像他的妈妈——大眼睛,鼻梁高挺,肤色白皙。阿达尔的门徒,拉提坎塔,总结道:“他是配得上这个贵族家庭的。”他们给他起名为维努戈帕。

在此之前,阿达尔的妻子对丈夫安排的家庭开支从未有过异议。时不时地他们也会为一些新项目的投入而激烈讨论,而到目前为止妻子从未赢过,只能报以沉默的蔑视。不过现在阿达尔再也不能继续占上风了。当要处理儿子的事情时，他也不得不一点点地做出让步。

二

随着维努戈帕长大，他父亲也慢慢习惯了在他身上花钱。他有了一位上年纪的老师，有着公认的渊博学识，也很有能力帮助后进的学生通过考试。然而这种训练并没有赢得他应有的尊重。他用尽浑身解数想要赢得男孩的心，可他仅存的那一点点纯牛奶般的爱心也变酸了，孩子从一开始就抵制这老师的招数。最后，孩子的母亲也强烈反对他，抱怨道：孩子一见他那副模样就要生病。那老师因此离开了。

就在那时，哈拉拉尔出现了，他穿着一件脏兮兮的袍子和一双破了洞的旧帆布鞋。哈拉拉尔的母亲是个寡妇，靠帮别人家做饭、碾米艰难度日，用微薄的收入供他上学。他通过了预科考试，决心去上大学。常年忍饥挨饿的他，脸颊不自然地瘦削成一个尖角——活像是印度地图上的科摩罗角；最宽泛的部分只有他的额头了，那便是他脸上的喜马拉雅山脉。

仆人问他有什么事，他怯怯地答道，他想见这家的主人。

仆人刻薄地回答："你不能见他。"哈拉拉尔犹豫了，正茫然不知所措，突然刚在园子里玩耍过后的维努戈帕来到门前。仆人对哈拉拉尔吼道："走开吧。"而维卢戈帕莫名其妙地激动起来，大叫："不，他不能走！"然后他拉着这个陌生人去见他的父亲。

阿达尔刚午睡起来，安静地坐在阳台的摇椅上，摇晃着双腿。拉提坎塔惬意地抽着水烟，坐在他旁边的椅子上。拉提坎塔问哈拉拉尔的学问到什么程度了。那个年轻人低下头回答道他已经通过了预科考试。拉提坎塔听了一怔，然后做出惊讶的表情，意思是在他这个年龄才通过考试已经太迟了。哈拉拉尔沉默着。拉提坎塔总抱着快意暗暗折磨他资助人的下属，无论是实在的还是潜在的下属。

阿达尔突然想到，他可以用低薪雇这个年轻人当他儿子的家教。于是他当即拍板，许他每月五个卢比的薪水，食宿免费。

三

这次的家庭教师比他的前任呆得更久些。从他们初次见面起，哈拉拉尔和他的学生就成了很好的朋友。哈拉拉尔以前从未有机会去深爱过其他的少年。他的母亲太贫穷了，又受雇于人，因此他也没有资格和母亲雇主家的孩子一起玩。可一直以来他从未怀疑过自己内心深处日积月累的爱意。

维努也十分高兴和哈拉拉尔交上朋友。他是家中唯一的男孩。他的两个姐姐低人一等，似乎也不配和他一起玩。因此他的新老师成了他唯一的伙伴，并耐心忍受着这位小朋友的不可一世和霸道。

四

维努现今已十一岁了。哈拉拉尔已经通过了中级考试，还拿到了奖学金。他正为学士学位而刻苦学习。大学课程结束后，他就会带维努去公园里，给他讲古希腊历史中的英雄故事以及维克多·雨果的风流韵事。那时候男孩的母亲极力留他待在身边，可他却总在放学后迫不及待地跑去找哈拉拉尔。

这让娜妮巴拉不高兴了。她认为哈拉拉尔这是在处心积虑地讨她儿子欢心，以延长他的雇佣期。

有一点她隔着面纱对他说："你只需要在早晚给我儿子教课一两个小时就好。可你为什么总和他在一起？这孩子都快忘了他自已的父母喽。你得有自知之明呀，以你的身份并不适合与我们这样家庭出身的孩子做朋友。"

哈拉拉尔用略微沙哑的嗓音回答说，以后他就只是维努的老师，其他时间他都会与他保持距离。

上大学期间，哈拉拉尔习惯在天亮前就起来学习。孩子洗漱过后就会径直跑去他那里。花园里有个小水池，他俩时常用爆米花喂池里的鱼。维努还在花园的一角建起一座微型的花园洋房，房前有一扇小人国的门，一圈篱笆，还有条砾石小路。当阳光变得炙热，他们就会回到屋里，哈拉拉尔开始给维努上早课。

有一天维努比平常起得更早，因为昨晚哈拉拉尔给他讲了一个故事，他还没听到结尾。可他找不到他的老师。他问门童，门童说他已经出去了。上课的时候，维努一反常态地安静。他甚至没有问哈拉拉尔为什么出去，而只是机械地学着课文。孩子和母亲一起用早餐时，母亲发现无精打采，又不吃饭，便问他发生了什么。维努没有回答。饭后，他的妈妈不断地爱抚着他，重复着刚才的问题。维努突然哭出了声说："马沙老师。"母亲问："马沙老师什么了？"可是维努也说不出他的老师究竟怎样得罪了他。

他母亲问道："你的马沙老师是不是说我的坏话了？"

维努不明白她的意思，走开了。

五

阿达尔巴布家中出了贼。他叫来了警察。连哈拉拉尔的行李箱都被翻出来搜查了。拉提坎塔旁敲侧击地说："偷东西的人，是不会把赃物放在自己箱子里的。"

阿达尔叫来他儿子的家教，对他说："我现在不方便再留你在我家里了。从今天起你得自己去外面住，只有到家教时间的时候再进来吧。"

拉提坎塔抽着水烟，一本正经地说："这是个很好的提议，——对双方都好。"

哈拉拉尔一个字也没说，不过他送来一封信，信里写道：他已经无法再做维努的老师了。

当维努放学回来时，他老师的房间已经空了。连他那破烂的铁皮箱也不见了。角落里还拉着一根晾衣绳，不过上面既没有衣服也没有毛巾。只有在曾经散落着书本和论文的桌子上，摆着一只碗，碗里有几条金鱼，碗边上贴了一张纸片，哈拉拉尔在上面写了"维努"两个字。男孩立刻跑到父亲那里，问发生了什么事。父亲告诉他哈拉拉尔辞职了。维努回到房间，一头栽倒，然后哭了起来。阿达尔不知道该拿他怎么办。

第二天，正当哈拉拉尔坐在小旅馆的木头床边，暗自踌躇着要不要去学校听讲座时，阿达尔巴布的仆人突然进了屋，后面跟着维努。维努立刻跑过来，双手搂住他的脖子央求他回去。

哈拉拉尔没有办法解释为什么他不可能再回去，可是很久之后，每当他回想起那双紧搂着他的手臂和孩子可怜巴巴的请求时，都不禁哽咽。

六

在这以后，哈拉拉尔发现他的脑子已经处于混乱中，而且即使他能通过考试，获得奖学金的机会也很小。同时他知道，没有奖学金他是无法继续学业的。于是他试着去找一些兼职工作。

幸运的是，他被一家大公司的英国经理看上了。在简短的交流后经理问他之前是否有工作经验，有没有推荐信。哈拉拉尔只能回答“没有”；不管怎样，他得到了那份工作，月薪二十卢比。公司还预支了十五卢比给他买上班穿的衣服。

哈拉拉尔的工作十分辛苦。他总是加班，有时很晚才回到家中。这样一来，他也比别人学得更快，他的同事们开始嫉妒他，甚至想中伤他，不过都没有得逞。当他的工资涨到四十卢比一月时，他就在一个狭窄的小巷子里租了一间屋子，把母亲接过去一起住。在多年的辛劳后，他的母亲又有了幸福的感觉。

哈拉拉尔总会对母亲说起维努戈帕，母亲一度很想见见他。她希望能亲手准备一些菜，然后邀请他来家中一次，和她儿子一起吃顿饭。哈拉拉尔以房子不够大，不好请人做客为借口回避了这个话题。

七

有天哈拉拉尔听到了维努母亲去世的消息。他一刻也不能等，就立即去了阿达尔家看望维努。在那以后他俩又经常见面了。

然而时代已经变了。维努摩挲着他刚刚冒出的小胡子，他已经长大成了个时髦小伙。如今的他也拥有了一大群朋友。那把老旧的椅子和墨迹斑斑的书桌都不见了，房间里现在置办了新东西，——眼镜，石印油画，还有另外的家具，显得气派十足。维努进入了大学，不过他一点也不着急通过中级考试。

哈拉拉尔想起了母亲对维努的邀请。在犹豫了很久之后他照办了。维努戈帕凭着他一张英俊的脸蛋，很快获得了老人的欢心。可是刚刚吃完饭，他就开始呆不住了，一边看着他的金表一边解释道他有紧急的事情要去别处。然后他跳进门口的马车，一溜烟走了。哈拉拉尔叹了口气，打定主意再也不邀请他来了。

八

有一天，哈拉拉尔从公司回到住处，看见一个人影在昏暗的底楼房间里。要不是闻见一股异国的香水味儿，他都不会注意到这个人。哈拉拉尔问是谁在那儿，那人回答道："是我，马沙老师。"

"出什么事了，维努？"哈拉拉尔问，"你什么时候来的？"

"我来了好几个钟头了。"维努说，"我不知道你回来这么晚。"

他们一起走上楼，哈拉拉尔点上灯，问他是否一切还好。维努回答说他的大学课程已经无聊得可怕，而他父亲根本不知道他年复一年地在同一个班级，和一群比自己小许多的学生在一起上课，是多么难受的事情。哈拉拉尔问他有什么打算。维努告诉他自己要到英国去，成为一名律师。他列举了一个比他还要后进的同学，也正准备出国。拉哈哈尔问他父亲是否同意了。维努说除非他通过中级考试，否则父亲不会听他说一个字，而以他目前的状态是不可能通过考试的。哈拉拉尔自告奋勇要去帮他和父亲谈谈。

“不，”维努说，“我不会允许你这么做的！”

哈拉拉尔让维努留下来吃晚餐。他们在桌边等待时，哈拉拉尔把手轻轻搭在维努肩上，说：“维努，你不要跟你爸爸吵架，也别离开家。”

维努愤怒地跳起来，嚷着如果这里不欢迎他，他马上就走。哈拉拉尔一把抓住他，好言劝他吃完饭再走。可是维努挣脱了他的手，正要离开，这时哈拉拉尔的母亲刚好端着托盘出来。她竭力挽留，维努才留下来，可是态度很恶劣。

正吃着饭，他们听见一辆马车停在门口的声音。先是一个仆人踩着吱吱作响的鞋冲进来，后面跟着的就是阿达尔巴布本人。维努的脸变得煞白。母亲一见到生人进来马上躲开了。

阿达尔巴布满腔怒火，对着哈拉拉尔粗声叫道：“拉提坎塔早就警告过我，可我之前还不相信你是这样阴险的小人。你以为你能靠着维努发财吗？这简直就是绑架，我要去警察局起诉你！”

维努沉默地跟着他父亲走出了屋子。

九

哈拉拉尔的公司开始从乡下购买大量的大米和木豆。每个周六的早晨，哈拉拉尔都要带着现金，搭乘早班火车去分账。他会去些特定的地点，那儿有经纪人和中介们带着收据和账单来结算。公司里有人议论说，委托给哈拉拉尔的这项工作缺少安保，可是经理担下来所有责任，说安保没什么必要。这项特殊的工作从十一月中旬延续到了第二年四月中旬。每次哈拉拉尔都到深夜才回。

有次他回家后，母亲告诉他维努打来了电话，她已经说服他来家里吃饭。这事发生不止一回了。母亲说这是因为维努想念他自己的妈妈了，说着说着她便湿了眼眶。

有一天维努等到哈拉拉尔回来，和他长谈了一番。

“马沙老师！”他说，“最近父亲的脾气越来越坏，我已经无法和他继续生活下去了。还有，我知道他又准备结婚了。拉提坎塔在帮他张罗合适的亲事，他们已经一起谋划很久了。以前我离开家几个小时，父亲就会特别焦急。可现在，就算我一个多礼拜不回家，他都不在意了，——他反倒觉得大松一口气。要是这桩婚事成了，我觉得我在家里也呆不下去了。你得给我指条明路哇。我想要自力更生。”

哈拉拉尔深感痛心，可他不知道该怎样帮助他旧日的学生。维努说他已经决定去英国学做律师。不管怎样他得从父亲那儿弄来出国的钱：他可以给别人写个欠条，如果债主起诉了，他父亲就必须还这钱。他可以拿着借来的钱离家出走，而当他到了英国，父亲肯定会给他汇生活费的。

“可是你找谁呢，”哈拉拉尔问道，“谁会借你这笔钱呢？”

“你呀！”维努说。

“我！”哈拉拉尔惊叫起来。

“是的，”维努说，“我看过仆人拎着一袋袋的现金到你这来。”

“那仆人和现金都是别人的。”

哈拉拉尔向他解释为什么晚上有人送钱来，这些钱就像是夜晚归巢的鸟儿，第二天早晨就会四散飞走。

“可是你们经理不可以先借给我吗？”维努问。

“也许可以，”哈拉拉尔说，“前提是你父亲要做担保。”

讨论就此终止。

十

一个星期五的晚上，有辆马车停在哈拉拉尔家门前。哈拉拉尔正坐在卧室的地板上数钱，他听说维努来了。维努进了屋，这次他装束古怪。他没再穿孟加拉服装，而是身着帕西人[①]外套，长裤，头戴一顶帽子。他几乎每个手指上都套着戒指，脖子上还挂了一条粗重的金项链。他口袋里有一块金表，衬衫袖口还隐约可见闪闪发亮的钻石袖钉。哈拉拉尔立马问他发生了什么事，为什么要穿成这样。

“我父亲的婚礼，”维努说，“就在明天。他费尽心机瞒着我，可是还是知道了。我请求去我们巴拉克普尔的庄园里呆一段时间，他高兴得很，巴不得赶紧摆脱我。我要去那里了，上帝保佑我再也不要回来了。”

哈拉拉尔用锐利的眼光打量着他满手的戒指。维努解释说这些都是他母亲的东西。于是哈拉拉尔问他有没有吃晚饭。他说：“吃过了，你呢？”“还没，”哈拉拉尔说，“我得先把这些钱全都锁进这个铁匣子里，才能离开这屋子。”

“你去吃饭吧，”维努说，“我来替你看着这里。别让你母亲等着你了。”

哈拉拉尔犹豫了片刻，然后出去吃饭了。

不一会儿，他和母亲一同回来，于是三个人就坐在钱袋子中间一起聊天。快到午夜的时候，维努掏出表看了看，跳起来说，他要去赶火车了。然后他请哈拉拉尔帮他保管所有的戒指，他的金

① 帕西人，生活在印度的拜火教徒，大部分是波斯后裔。

表和金项链，到他有需要时再来取。哈拉拉尔把这些东西都装进皮袋子，放到保险柜里。维努走了。装着现金的帆布袋子已经在保险柜里，只剩下一些多余的硬币被拿到了一边。

十一

哈拉拉尔把保险柜钥匙塞到枕头底下，就躺下睡了。他梦见维努的母亲在窗帘后面大声责备他。他听不清她在说什么，可是看见她身上的珠光宝气像针尖一样刺透了窗帘，颤动不止。哈拉拉尔挣扎着想要喊维努，却发不出声。最后，窗帘在一声乱响中掉了下来。哈拉拉尔从睡梦中惊醒，发现自己被黑暗包围着。一阵突如其来的风吹开了窗户，吹灭了油灯。哈拉拉尔全身都汗透了。他点上灯看看挂钟，已经是早晨四点。没时间再睡了；他得准备动身了。

他洗漱完毕后，听到母亲在屋里说："孩子，你怎么这么早就起来了？"

一直以来，哈拉拉尔起床后的第一件事就是去看看他母亲，以给那一天带来好运。母亲对他说："我做梦梦见你要出门去带个新娘回来呢。"哈拉拉尔回到卧室，开始拿出那些装满了银币和钞票的袋子。

突然他的心跳几乎停止了。有三个袋子似乎是空的。他提着袋子往保险柜上敲一敲，证实了自己的猜测。他打开袋子，拼命摇晃，其中一个袋子里掉下来维努写的两封信。一封给他父亲，另一封是给哈拉拉尔的。

哈拉拉尔扯开自己的信。他读着信，感觉上面的单词似乎在相互乱撞。他剪掉一截灯芯，却仍然好像看不懂眼皮底下的字。然而信的主旨很清楚，维努拿走了三千卢比的钞票，已经动身去往英国了。他坐的轮船就在这天早晨天亮前出发。他在信的结尾说道："我在给父亲的信里已经解释了一切。他会帮我还债的；同时，我把母亲的首饰都丢给你保管了，这些首饰的价值都超过我所拿走的钱。"

哈拉拉尔锁上屋门，急忙叫了一辆马车飞快地赶到码头。可他都不知道维努坐的那艘船叫什么名字。他跑遍了从普林赛普的加特到梅提亚布鲁日的码头，发现一大早有两艘船要开往英国。可是他不知道维努坐的是哪一艘船，也不知道如何找到他。

哈拉拉尔回到家时，阳光已经照亮了整个加尔各答。他觉得眼前的一切都模糊了。他觉得有个可怕的、无形的东西在毫不留情地推搡着自己。他母亲在走廊上焦急地问他去了哪里。他干笑一声，说："去给我自己找个媳妇。"随后就晕倒了。

过了一会儿他睁开眼，告诉母亲他想一个人呆一会儿。他走进卧室，关上了门，留下母亲独坐在骄阳炙烤的走廊上。她断断续续地，甚至是机械地呼唤着儿子——"巴巴，巴巴！"（印度对男

子的敬称）

公司的仆人来敲门了，说他们再不出发的话会误了火车的。哈拉拉尔在门内说："今天早上我走不了了。"

"那我们去哪儿呢，先生？"

"我一会儿就告诉你。"

仆人不耐烦地下楼了。

突然哈拉拉尔想起了维努留下的那些首饰。到现在为止他几乎忘了它们，可一想到他就立即松了口气。他提着装首饰的袋子，还有维努给父亲的那封信，离开了家。

他还没走到阿达尔的房子，就听见了婚礼的奏乐。不过进门时他却感到有什么意外发生了。有人告诉他昨天晚上家里丢了东西，一两个仆人被怀疑是小偷。阿达尔巴布站在高高的走廊上，脸气得通红，拉提坎塔抽着他的水烟。哈拉拉尔对阿达尔说："我有些私事要告诉你。"阿达尔发飙了，"我现在没时间！"他怕哈拉拉尔是来借钱或者找他帮忙的。拉提坎塔表示如果他在这里有一点点不方便，他就会马上离开。阿达尔生气地告诉他坐在那儿别动。哈拉拉尔便呈上了维努留下的袋子。阿达尔问里面是什么，哈拉拉尔打开袋子，将里面东西送到他手中。

这时候阿达尔巴布冷笑一声说："这是你们俩的交易吧——你和你的学生！你知道我会搜查这些丢失的财物，所以你带着东西到我这来讨赏的！"

哈拉拉尔把维努写给他父亲的信给他看。可这只让阿达尔更加愤怒。

“你们这是干什么?”他吼道,“我要报警!我的儿子还没成年,——而你,你偷偷把他送出了国!我以灵魂打赌,你肯定是借给他了几百卢比,然后让他写了三千的借条!不过我猜不会买你的账!”

“我从来没有借过钱给他。”哈拉拉尔说。

“那他怎么拿到的?”阿达尔说,“你的意思是他弄开你的保险柜偷走了钱?”

哈拉拉尔站在那儿没有说话。

拉提坎塔讽刺道:“我敢肯定这家伙一辈子也没摸过三千卢比的钱吧。”

当哈拉拉尔走出那所房子时,他看起来似乎丧失了害怕的能力,也没力气再着急了。他的大脑好像停止了运转。他径直走进小巷,看到自己家门口有辆马车。他一时还妄想那是维努的马车。他几乎无法相信这种灾祸会最终降临到自己头上。

哈拉拉尔很快走上来,看来马车里坐着一位公司的英国助理。那人看到哈拉拉尔便出来和他握了手,问道:“今天早上你怎么没有坐火车出门呢?”是仆人向经理报告这件怪事,于是经理派他来看看。

哈拉拉尔回答说:“三千卢比的钞票找不到了。”

那人问怎么会发生这事。

哈拉拉尔沉默不语。

那个人对哈拉拉尔说："我们一起上楼吧，看看你把钱放在哪里的。"他们来到房间，数了数钱，又细细搜了屋子。

看到这里，母亲再也忍不住了，她走过那个陌生人，问儿子："儿子，发生什么事情了？"他嗓音沙哑，用印度斯坦语说他们的钱被偷了。

"偷了！"母亲叫道，"什么！怎么会被偷呢？谁会做这种可耻的事呢？"哈拉拉尔对母亲说："妈妈，什么也别说了。"

那人收起剩下的钱，告诉哈拉拉尔和他一起去见老板。母亲拦住他们问道："先生，你要把我儿子带到哪里去？我省吃俭用，老老实实干活，才把他拉扯大。我儿子从来不会碰别人的钱啊。"

那位英国人不懂孟加拉语，只应道："好的！好的！"哈拉拉尔告诉母亲不用担心，他会和经理好好解释，很快就能回来。母亲用心碎的声音恳求他："儿子，你一早上都没吃一点东西。"哈拉拉尔走进马车，渐渐驶远了，母亲心痛纠结地瘫坐在地上。

经理问拉哈哈尔："告诉我实话。发生什么事了？"

哈拉拉尔回答他："我一分钱也没有拿。"

"我完全信任你，"经理说，"可是你肯定知道是谁拿的。"

哈拉拉尔两眼看着地面，不再说话。

"一定是有人，"经理说，"在你的纵容下拿走了钱。"

“不，”哈拉拉尔说，“除非先杀了我，我不会让任何人碰这钱的。”

“你看，哈拉拉尔，”经理说，“我是完全相信你的。我都没有雇任何保安。我交给你这样重大的工作任务。公司里所有的人都反对我这样做。丢了三千卢比是小事，可这次让我大丢脸面是大事。我只有一个要求。我给你一天的时间把钱带回来。如果你做到了，我什么也不会说，你还可以在以前的职位上工作。”

这时已经是上午十一点钟。哈拉拉尔低头走出了办公室。公司里的人都开始兴奋不已讨论起这件事。

“我该怎么办？我该怎么办？”哈拉拉尔心里重复着这句话，他神情恍惚地走在路上，炙热的阳光灌满了他全身。最后他的大脑停止了思考，只是机械地一直走着。

加尔各答，这个为成千上万的人提供庇护所的城市，此时成了只铁笼子。他找不到出口。所有的人都密谋起来围住了他，要捕获他——这个不名一文的、无足轻重的人。他没有和任何人结过仇，可现在所有人都与他为敌了。迎面而来的人群像刷子一样扫过他的身体；路边坐了些小职员，正端着铁盘子吃着午饭；练兵场上，一个疲惫的旅人躺在树荫下，一手枕头，一只腿翘在另一只腿上；来自内地的女人们挤进马车，前往寺庙；有人拿着一封信问他信封上的地址，———下午就这样过去了。

然后到了下班的时候。四面八方的马车都开动起来，载着人们回家。下班的人们紧紧挤在有轨电车的位子上,望着剧院门口的广告。从今天起,哈拉拉尔既没了上班时的沉重工作,也没了下班的轻松。他也不用再急着坐电车回家。这座城市里的一切忙碌的东西——那些房子——那些马和马车——那永无休止的车流———时间仿佛膨胀成了恐怖的现实,过了一会儿又湮没在阴暗的虚幻里。

整整一天,哈拉拉尔没有吃饭,没有休息,也没有地方可去。

街上的路灯一盏盏亮起,哈拉拉尔感到那魔鬼一样的黑暗世界在警觉地睁开它的一只只眼睛,要看住猎物的每一个动作。他的额头青筋暴起,他觉得自己的脑袋快要爆炸了。这突如其来的疼痛与颓废感交替侵袭着他,他脑中只有一个念头在重复;这个偌大的城市里有着数不清的人,而只有一个名字透过他干涸的喉咙冲口而出——“妈妈!”

他自言自语,“夜深了,就没有人会醒着想要抓我——抓我这个最卑微的人,——我要悄悄地爬到我妈妈的怀里睡去,但愿再也不要醒来!”

哈拉拉尔唯一担心的是怕警察会当着母亲的面攻击他,于是他也不敢再回家。当他终于支撑不住时,他叫了一辆马车。车夫问他要去哪儿。他说:“不去哪里。我就想穿过练兵场,透透气。”

一开始车夫不信他的话,准备走人,后来哈拉拉尔给了他一卢比的车费。于是车夫就沿着不同的路穿过练兵场,一遍又一遍地来回穿梭。

哈拉拉尔把突突乱跳的脑袋搁在马车的窗口，闭上双眼。慢慢地他不那么疼了。他的身体也凉了下来。一阵深深的、强烈的平静充盈了他的心，一种极致的释放感从四面八方包裹了他。这不——是——真的——这股威胁着他一天的无比绝望的感觉，这不——是——真的，而是假象。他现在知道了这只是他脑子里空想出来的恐惧。解脱之地就是那无垠的天空，在那儿有着无边无际的平静。世界上任何国王或君主都没有力量俘获这个不存在的人，这个哈拉拉尔。在天空中，在他那颗获得解放的心灵的周围，他感到了母亲的存在，那位可怜的女人。她的身形仿佛越来越高大，直到填补了无边的黑暗。加尔各答的所有道路、建筑，和店铺都渐渐被纳入她怀中。在她面前哈拉拉尔所有的痛苦、思维和知觉都消逝了。那个装满了火焰般疼痛的气泡——它爆炸了。现在那儿既没有黑暗也没有光明，而只有一片圆满。

大教堂的钟敲响了一点。马车夫不耐烦地叫起来："先生，我的马再也跑不动了。你想要去哪里呢？"

他没有回答。

车夫走下来摇摇哈拉拉尔，又问了他一次。

他没有回答。

哈拉拉尔再也没有回答，他想要去哪里。

纳杨约尔的巴布们[1]

一

在很久以前，纳杨约尔的巴布们都是些声名显赫的地主。他们以皇室般的奢侈生活而著称。他们会撕去达卡布料上的粗糙毛边，以免蹭到了自己的皮肤。他们会为一只猫咪的婚礼花费几千卢比。还有传言说，在一些盛大的场合，为了把黑夜变成白昼，他们点上不计其数的灯笼，又从空中撒下许多银丝来模仿阳光。这些都是发生在大洪水之前的事了。后来大洪水来了。这些旧世界的巴布们无法再延续他们贵族般的血脉与生活方式。如同一只燃烧的油灯中点了太多的灯芯，油很快就耗尽了，灯光也逐渐熄灭。

我们的邻居凯拉斯巴布，就是这个濒临灭绝的豪门中仅存的

---

① 巴布，印度对男子的尊称。

后代。在他成人之前,他的家庭状况就几乎坠到了最低点。他父亲去世时,葬礼极尽奢华,随之而来的便是破产。他们变卖了家产用来抵债。剩下的一些钱已经远远无法维持他们曾经的荣耀生活。

凯拉斯巴布离开了纳杨约尔,来到加尔各答。他的儿子在家族的衰败中没撑多久,就死了。凯拉斯只剩下一个女儿。

在加尔各答我们是凯拉斯巴巴[①]的邻居。奇怪的是我们家的历史与他恰好相反。我的父亲靠辛勤劳动挣钱,并自豪地认为他从未浪费过一个便士。他穿着劳动者的衣服,生有一双劳动者的手。他从来不屑于以铺张和炫耀来获得巴巴的头衔,而我作为他唯一的儿子,也为之感激他。他给了我最好的教育,使我能够在社会上自力更生。我从来不羞于承认我是白手起家。相比于家中空空的柜子里一本冗长的家谱,我更喜欢自己保险箱里堆着崭新的钞票。

我相信这就是为什么我讨厌看到凯拉斯巴巴依靠着他们古老巴布家的荣誉,从公共信用账户中开出他厚厚的支票。我曾经想象他一定瞧不起我,因为我的父亲靠自己双手劳动赚钱。

我本该注意到,除了我自己,没人因为凯拉斯巴巴表现出什么困扰。实际上很难找到像他那样一点也不惹事的老人了。在

① 巴巴,印度教中精神导师和领袖的称号。

一些悲伤或欢喜的场合，他总是随时展现出那些谦恭和善意的礼节。他会参加邻居们举办的所有仪式和宗教习俗。他以熟悉的微笑招呼着老人和少年。他在询问家务琐事的种种细节时，也是不吝各种礼貌。谁要在大街遇到了他，必然要准备好被扣住，这时从他的嘴中会吐出一连串礼貌的问题：

“我亲爱的朋友，很高兴见到你。最近还好吧？沙什怎么样了？还有哥哥——他还好吧？你知道吗，我刚听说马度的儿子发烧了，他现在怎么样了？你听说了没？还有哈里·查然巴布——我很久没看到他了——但愿他没有生病。拉卡尔是怎么回事？还有，厄——厄，你们家的女士们还好吗？”

凯拉斯·巴尔姆在任何场合都穿得一尘不染，尽管他的衣服少得可怜。他每天都要把衬衫、背心、外套和裤子拿出来晾晒，和他的床单、枕套，还有他当坐垫的一块小毯子一起拿到太阳下面。他把晾干的衣服抖一抖，再刷一刷，然后放到石头上。他的家具很少，这使他的小屋看起来比较整洁，同时还暗示着他在必要时还是有一些存货的。每当家中需要用人干活时，他就会关上屋门。然后他亲自动手熨他的衬衫和布料，还做其他的一些粗活。当这一切结束后，他便打开门，再次迎接他的朋友们。

虽然我说过凯拉斯·巴尔姆失去了全部的家产，但他还是有些祖传的遗物的。他有一个洒香水的银质瓶子，一个装玫瑰精油的镶金银丝的盒子，一个小金托盘，一条昂贵而古老的披肩，还有老派的仪式礼服和祖传的缠头巾。他花了好大的劲才从那些债主的手里抢救下这些物品。在每一次合适的场合，他都会把这些东西陈列出来，试图挽回纳杨约尔的巴布们那举世闻名的尊严。其实他内心是个极其谦卑的人，因为自己的出身阶层，他觉得有责任在日常的演说中表现他家族的荣誉。他的朋友们会用善意的幽默来鼓励他这种个性，而这也给他们带来了不少消遣。

邻居们很快就开始叫他塔库尔达达[①]。他们会聚集到他家中，然后和他一起坐上几个小时。为了不让他花钱，个别的朋友会给他带来烟叶，说道："塔库尔达达，今天早上戈亚的朋友寄给我一些烟叶，你一定要拿着，尝尝看怎么样。"

塔库尔达达便会接受那烟叶，说真不错。然后他会继续说起过去他们纳杨约尔家抽过一种特别精致的烟叶，那种烟叶每盎司要卖一个金币。

"不知道，"他曾经说，"不知道有没有人现在想尝尝。我还留了一些呢，一会儿就能拿来。"

大家都知道，要是他们真问他要，那么壁橱的钥匙就会不知怎么地丢了；或者是他们家的老用人加内什把钥匙放到了别处。

"你从来搞不清的，"他会加上一句，"用人们都把东西弄哪里去了。唉，我的这位加内什啊——你们不知道他有多蠢，可我就

① 达达，对年长男人的称呼。

是不忍心解雇他。”

为了这个家族的荣誉，这位加内什默默无闻地承受了所有的指责。

在这个时候通常会有个人说：“没关系的，塔库尔达达。别麻烦去找啦。我们现在抽的烟叶就挺好。你的那个估计太浓烈了。”

然后塔库尔达达就放心了，他重新坐下来，大家继续交谈。

当他的客人们起身准备离开时，塔库尔达达会送他们出门，在门口处说：“哦，对了，我什么时候能请你们一起吃饭呢？”

有一两个人会答道：“不急啊，塔库尔达达，不急。过阵子再说吧。”

“那好，”他会回答，“那好。我们最好等到雨季来临吧。现在太热啦。我是要请你们吃顿大餐的，不过在这种天气请客太扫兴了。”

可是当雨季真的来临时，大家都很小心地避免和他提起他承诺的大餐。如果话题不巧被提起了，就会有人轻轻地说现在雨水太大，做事实在不方便，最好还是等雨停了比较好。然后这出戏又周而复始地上演。

对于他那样身份的人来说，那样的居所太小了，于是我们也会为此宽慰他。他的朋友们会肯定地表示他们理解他的难处：在加尔各答找个体面的房子几乎是不可能。事实上，这些年来他们都在帮他寻找合适的房子，可是，不用我说也知道，没有那个朋友会傻到真的找着这种房子。有一次，塔库尔达达听天由命地长叹一口气，说："唉，唉，我估计以后也只能守着这个房子了。"随后他又温和地笑笑："不过，你知道，我永远也无法忍受和我的朋友们分开啊。我必须住在你们旁边。这足以补偿一切缺憾了。"

不知怎地我对这一切的印象极为深刻。我想真正的原因是，在一个年轻人眼里，愚蠢是最恶劣的罪行了。而凯拉斯巴布并不真的蠢。在日常事务上每个人都愿意去请教他。

而只要是关于纳杨约尔的事情，他说出的话就总是不可理喻。大伙儿为了和他逗乐，并不反驳他那些空话，因此他说起来也无所顾忌。当人们在他耳边用荒唐而夸张的语言描述纳杨约尔的光辉历史时，他都深信不疑。即使在梦里，他也坚信没有人会怀疑他的话。

二

当我坐下来试着分析自己对凯拉斯巴布的想法和感觉时，我发现我对他的厌恶之情还有更深层的原因。我这就来解释。

尽管我生在一个富有的家庭，而且也在大学里荒废了一些时间，但我还是勤奋的，在很年轻的时候就拿到了加尔各答大学的硕士学位。我的道德品行没有污点。还有，我的外表是英俊的，如果说我自称为美男子，人们会认为这只是一种自我评价，而非自吹自擂。

毫无疑问，在本格尔的年轻人中，我被公认为是优秀的结婚对象。我自己很清楚这一点，并立志要寻一门般配的亲事。在我的想象中，我会选择一位有钱人家的独生女，她美丽非凡又受过高等教育。远远近近有许多人来向我提亲；有人许诺了很高的嫁妆。我以自己的准则，仔细而公正地权衡着这些候选者。可是其中没有人符合我的要求。我开始坚信，像诗人巴巴乌提所说的那样——

在这无限的时间与空间里，最终会有一位人儿配得上我至高的荣耀。

然而在这贫瘠的现代社会，在本格尔这块小地方，真不知这位举世无双的人儿是否存在。

与此同时，那些狡猾的家长们以各种声调、在各种程度上赞扬着我。

无论我是否满意他们的女儿，这样的推崇还是让我很受用的。我曾经认为这是我理所应得的，因为我是如此优秀。听说当神灵们拒绝施予凡人恩惠时，他们仍然希望这些人能热切地尊崇他们，否则他们就会大发雷霆。而在我的心中，这种类似神灵的企盼正剧烈地膨胀。

我已经提到过塔库尔达达只有一个孙女。我看到过她很多次，可从来没有误认为她是个美人。我也从来没有想过她有可能成为我的伴侣。不管怎样，我还是理所当然地认为有一天凯拉斯巴布会以满心的崇敬之情，把她像祭品一样对我奉上。事实上——这才是讨厌他的秘密——我很恼火他竟然还没来向我提亲。

我听说他告诉他的朋友们，纳杨约尔的巴布们从来不求人。即使那女孩迟迟未嫁，他也不愿打破家族的传统。就是他这股傲慢劲让我生气。我的怒火在心里憋了一段时间。可是我保持着表面的平静，并以极大的耐心忍住怒气，因为我是这样优秀。

就像闪电总是伴随着雷鸣，在我的性格中也有一丝幽默感伴随着我翻滚的怒气。当然，我不可能只为了发泄怒火来惩罚这个老人；有好长一段时间我都按兵不动。可突然有一天我想到了一个特别逗的主意，而且按捺不住地要将它付诸实施了。

我说凯拉斯巴布的很多朋友都会尽量满足他的虚荣心。其中有个人是位退休的公务员，他告诉老人，每次他看到乔塔大人他都会问到纳杨约尔的巴布近来如何，乔塔大人还说在全本格尔，只有博德万的王公和纳杨约尔的巴布们这两个家族是值得尊敬的。当凯拉斯·巴尔姆听到这扭曲的谎言时，他十分欣慰，而且不停地重复这件事。而且在那以后只要他碰到这位公务员，他就会在其他问题后面加上一句：

“哦！呃——对了，乔塔大人还好吗？挺好的，是嘛？啊，好啊，听到这个我真高兴。还有亲爱的梅姆阁下，她也挺好吧？哦，好！还有孩子们——他们也很好？啊，好的。那真是好消息！你看到他们一定要替我问好啊。”

凯拉斯巴布还会一直声称他改天要去大人家里拜访。

当然众所周知，在纳杨约尔家的族长准备妥当去拜访市政府之前，会有许多乔塔大人和布罗大人们轮番上任，而胡戈里也会迎来新的雨季。

有一天，我把凯拉斯巴布叫到一边，轻声对他说：“塔库尔达达，昨天我在市政招待会上，正好乔塔大人提到了纳杨约尔的巴布们。我告诉他凯拉斯·巴尔姆来镇上了。你知道吗，你没有去拜访让他很难过。他告诉我他不想再理会什么规矩了，今天下午要亲自来看你。”

换作任何其他人，都会立马看穿我的诡计。而如果这是针对另外一个人的计谋，凯拉斯·巴尔姆也会明白这个是个玩笑。可是在他的朋友告诉他公务员的慰问后，在他自己那些夸张和想象之后，副市长的拜访便成了世上最自然的事情。听到我的消息他变得非常紧张和兴奋。这次拜访的每一个细节都让他焦虑起来——主要问题还是他自己不懂英文。这样的困难到底该怎么解决？我告诉他一点都没关系：贵族们都是不说英文的。况且，副市长大人随身都会带个翻译的，他也特意提到了这次是私人性的拜访。

差不多中午时分，当邻居们大都在外工作，闲人们也午睡了，一辆四轮马车和两个人停在凯拉斯巴布的住所前。两个穿制服的家伙跑上台阶，大声宣布道：“乔塔大人驾到啦。”凯拉斯巴布这时已经准备停当等候在家中，他为这次接见套上了古老的仪式长袍，戴着祖传的缠头巾，身边站着的加内什穿上了他主人一套最好的衣服。当听见乔塔大人来到后，凯拉斯巴布气喘吁吁、抖抖嗦嗦地跑到门边，领着由我朋友装扮成的大人进屋，他不住地行额手礼，每走一步都深深鞠躬，并尽量地倒着走路。他将祖传的披肩铺在一把硬木椅子上，请大人上坐。

随后，他又用乌尔都语，那种古代大人们用的法庭语言，发表了一段高昂、激越的演讲，并在他的金托盘上展示了一串莫赫尔金币①，那是他破产后仅剩的遗产。那位老仆人加内什，脸上交织着惊恐和敬畏，手提香水喷壶站在后面，给大人洒上香水，又时不时拿起金银丝绒盒子里的玫瑰油，极其小心地碰碰他。凯拉斯巴布不停表达着歉意，说他没能用纳杨约尔家族传下的所有显赫礼仪来接待他尊贵的大人。要是在纳杨约尔，他就可以举行体面的欢迎仪式。可在加尔各答他只是个异乡人和旅居者——真正是条离开了水的鱼儿。

我的朋友，戴着高高的丝绸帽子，庄严地点着头。依照英国

① 印度旧金币名，值十五卢比。

的习俗，在室内是要拿下帽子的，这几乎是众所周知。可是我们朋友不敢脱帽，害怕被发觉他的伪装；而凯拉斯巴布和他的老仆人加内什也很随和地忽略了这种不守礼节的行为。

我朋友大多数时间基本都在点头。在这十分钟的见面后，他站起身准备离开。那两个穿制服的家伙按照之前策划好的，堂而皇之地抬走了那串莫赫尔金币，那只金盘子，祖传的披肩，银质的香水喷壶，还有装着玫瑰精油的金银丝绒盒子；他们一一将那些物品隆重地放置到马车里。凯拉斯巴布还以为这是乔塔大人平日的规矩。

从头到尾我都在隔壁房间看着这一幕。我极力忍住笑，两肋憋得生疼。当我再也憋不住的时候，我冲到了远一点的屋子里，却突然发现角落有一个年轻姑娘在抽泣，仿佛她的心都碎了。当看到我捧腹大笑，她激动地站直了身子，深色的大眼睛像闪电般掠过我的双眼，哽咽着说：

“告诉我！我的爷爷对你做错了什么吗？你们为什么要来欺骗他呢？你们为什么要来这里？为什么——”

她说不下去了。她用双手掩住脸，嚎啕大哭起来。

我立刻停住了笑。我从未感觉到自己的行为是如此的滑稽可笑，并发现我深深地伤害了一颗最温柔的心。我所有的残酷和丑陋都涌上来谴责我。我像只丧家犬一般悄悄地溜出了房间。

在此之前，凯拉斯巴布的孙女库苏姆于我只是婚姻市场上微不足道的一分子，待嫁无望。可如今，我惊奇地发现，在那个房间的角落，有一颗鲜活的心在跳动。

那一整晚我都没怎么睡着。我的脑子里很乱。第二天一大早，我带上所有偷走的东西来到凯拉斯巴布的住所，希望能悄悄地交给他的仆人加内什。我在门外没有等到任何人，于是上楼来到了凯拉斯巴布的房间。我在过道里听见库苏姆正用非常骄傲的口吻问她的祖父："亲爱的爷爷，告诉我昨天乔塔大人都对你说了些什么。别漏掉一个字哦。我实在太想从头到尾再听一遍啦。"

而这种鼓励对爷爷来说真没必要。他满面红光，回忆起乔塔大人那样善意地给予他们纳杨约尔家族的所有赞美，女孩坐在他面前，仰头看着他的脸，专注地听着。她满怀着对老人的爱，决心要演好这一场戏。

我被深深地打动了，热泪盈眶。我安静地站在走道上，等塔库尔达达夸夸其谈地描述完乔塔大人的完美访问。最后他离开了房间，我把那些偷的东西摆在那女孩的脚边，没有做声就走了。

那天下午我又去见了一次凯拉斯巴布。拜我们浅陋的现代礼节所赐，之前我每次进门都从未向这位老人行过礼。可是这一天，我朝他深深鞠了一躬，并触碰了他的脚。这位老人必定认为我的新礼节是因为乔塔大人的来访。他对此十分满意，眼中闪现出仁慈而庄严的光芒。他的朋友们都已经聚在屋里，他正准备用更多的修饰和渲染来再一次描述副市长大人的那次来访。这次会见已经成了史诗，在级别和跨度上都是经典。

其他人陆续走了，随后我以谦卑的姿态向老人家提亲。我说道："尽管我从未有一刻妄想过自己能配得上您杰出而尊贵的家族，然而……等等等等。"

当我说清楚自己想娶他的孙女后，老人拥抱了我，在一片混乱和开心中脱口而出："我是个贫穷的人，我从未想过能有这样的好运和福气。"

那是凯拉斯巴布一生中第一次，也是最后一次承认他的贫穷。那也是他生平第一次和最后一次，在极短的时间里，忘记了曾经属于纳杨约尔的巴布的高贵历史。

弃 绝

一

这是帕尔贡月初[①]的一个月圆之夜。早春的清风无处不在，空气中满溢着芒果花的香气。池塘边的老荔枝树上有只杜鹃在不住地鸣唱，它甜美的声音穿过厚厚的枝叶，传入慕克吉家中一间未眠的卧房里。房间里的赫曼塔一刻也不消停，他在手指间缠绕上妻子的一缕头发，将她手腕上的镯子拨弄得丁当响，又抓起她头上的花环，搭在她美丽的脸上。此刻他就像夜晚的微风抚弄着心爱的花丛，温柔地将她摇晃到一边，另一边，期待着燃起她的激情。

可库苏姆却静静地坐着，看向窗外，她的双眼沉浸在月光下那无垠的飘渺空间里。她完全没有意识到丈夫的爱抚。

① 帕尔贡月，印度历中第十二个月。

最后赫曼塔握起妻子的双手，轻轻摇晃着它们，说道："库苏姆，你在哪儿呢？你看起来就像是高倍望远镜下的一个小点儿——离我那么远。哦，靠近一些吧，亲爱的。看看这夜色有多美。"

库苏姆的眼神从虚空中转向她的丈夫，慢慢地开口了："我知道一句咒语，可以顷刻间把春天的夜晚和月色砸得粉碎。"

"是嘛，"赫曼塔笑了，"那拜托你不要念出来哦。如果你有咒语可以让一周里有三四个星期六，还能让夜晚延长到明天下午五点钟，那就尽情地说出来吧。"

他一边说，一边试着把妻子搂得更近一点。库苏姆挣脱了他的怀抱，说："你知道吗，今天晚上我渴望告诉你一件事，我曾经发誓到自己临终才说的事情。今天晚上我觉得我可以承受你带给我的任何惩罚。"

赫曼塔正准备就她说的惩罚开个玩笑，念一句《胜天经》中的诗句，这时一双愤怒的脚趿着拖鞋啪啪地走近了。那熟悉的脚步声是他父亲赫里赫尔·慕克吉，赫曼塔一阵紧张，不知道有什么事情。

哈里巴在房门外停住，咆哮道："赫曼塔，马上把你妻子赶出家门。"

赫曼塔看着妻子，在她脸上却找不到一丝讶异。她只是把脸埋在双手中，然后，聚起她灵魂中全部的气力，祈祷着自己能在此时此刻消失不见。南风一如既往将杜鹃的歌声吹进房间，却再也没人能听进这旋律。世间有数不清的美妙事物——然而，一切又是那么容易被扭曲。

二

赫曼塔出去了一会儿，回来向妻子问道："这是真的吗？"

"是的。"库苏姆答道。

"你为什么早不告诉我？"

"我试过很多次，可是都没成功。我是个卑劣的女人。"

"那现在把一切都告诉我。"

库苏姆用坚定的嗓音郑重地说了她的故事。她仿佛光脚走在火焰上，步履缓慢而坚定，没人知道她被灼伤到了什么程度。听完后，赫曼塔起身走出了房间。

库苏姆觉得永远失去了自己的丈夫，他不会再回到她身边了。这对她而言并不意外。她对待日常琐事那样接受了这个事实——在最后的几分钟里她的思想已经变得干枯冷漠。在她眼里这世界与爱情从一开始就是虚假的、空的。即使回想起丈夫在过去的日子里对她的表白，也像是曾经划过她心口的一把尖刀，只唤起她唇角一丝干涩，生硬，沉闷的微笑。她在想，也许那曾经充实了一个人生命的爱情，那曾带来如此的欢喜与深情的爱情，那让短暂的分离如此痛苦、片刻的相聚如此甜蜜的爱情，那似乎永无局限又永无止境的爱情，那从一开始就持续不断的爱情——曾经那样美好的爱情！它是那么脆弱！祭司的一个触碰就让你们那“永恒”的爱情灰飞烟灭！不一会儿之前，赫曼塔还对她低语：“多么美妙的夜晚！”同样的夜晚还没有结束，同样的音乐还在鸣响，同样的南风还在四周漫步，吹皱了床边的布帘；同样的月光透过窗户落在床头，像一个因快乐而疲倦的美人熟睡了。一切是这样不真实！爱情比她本人的掩饰还要虚伪！

三

第二天早上，一夜未眠的赫曼塔拖着疲惫的，有些恍惚的身子来到帕里·桑卡·格萨尔家里。“有什么事吗，我的孩子?”帕里·格萨尔招呼着他。

赫曼塔怒火中烧，声音发抖：“你玷污了我们的种姓。你毁了我们。你要为此付出代价。”他再也说不出一句话；他因怒气而呛住了。

“而你却保护了我们的种姓，使我免受部族的驱逐，对我如此体贴!”帕里·格萨尔带着一丝讽刺的微笑说道。

赫曼塔本希望他婆罗门的怒火可以将帕里·格萨尔化为灰烬，然而他只伤着了自己。帕里·格萨尔毫发无损地站在他面前，状态极佳。

“我有得罪过你吗？”赫曼塔用嘶哑的声音问道。

“让我问你一个问题。”帕里·格萨尔说，“我的女儿——我那唯一的孩子——她又何曾得罪过你的父亲呢？那时候你还小，可能从没听说这些事。那就听我说。现在，别让自己这么激动。在我要讲述的事情中有太多的幽默。

“当时你还很小，我的女婿纳巴坎塔偷了我女儿的珠宝，跑去了英国。五年后他回来了，成了一名出庭律师，也许你还能记得当时村里的骚动。或许，你并不知道，因为你那时在加尔各答念书。你的父亲，他自封为社区的首领，并宣布说一旦我把女儿送到她丈夫的家中，我就得永远遗弃她，再也不许她跨进我的门槛。我跪在你父亲脚下，恳求他，我说：‘兄弟，救救我这一次吧，我会惩罚那男孩，让他吃牛粪，领他去救赎仪式。请让他回到我们的种姓中来吧。’可是你的父亲顽固不化。在我看来，我无法与唯一的孩子断绝关系，于是我告别了家乡，告别了我的亲人，去了加尔各答。而在那里，我还是没有摆脱麻烦。只要我一安排我侄子的婚事，你父亲就会去女方挑拨，然后他们便悔婚。于是我郑重地发誓，只要我身体里还流着一滴婆罗门的血，我就会为自己复仇。你现在或多或少了解一些内幕了，是不是？不过再等会儿。你会喜欢我全部的故事的。很有意思。

“在你上大学时，你隔壁住着一位叫拜普拉达斯·查特瑞吉的人。那可怜的家伙已经不在人世了。那时他家住着个叫库苏姆的小寡妇,是一位绅士收养的孤儿。这女孩儿十分漂亮,而那位老婆罗门执意保护她免受大学生们饥渴目光的追逐。可是对于一个年轻姑娘来说,糊弄她年老的监护人并不是件难事儿。她常常走上屋顶去晾晒衣服,而你肯定是觉得屋顶是个读书的好地方。我不知道你们各自在屋顶上时有没有交谈过,可这姑娘的举动引起了老人家的怀疑。她做家务时频频犯错,而且她开始像帕尔瓦蒂[1]那样沉溺于祈祷中,食欲减退,睡眠不足。有些晚上她会无缘无故地当着那位老人的面就哭泣起来。

“最后他终于发现了你们时常在各自的屋顶上对望,而你甚至在中午时分翘课,拿着一本书坐在屋顶上,似乎突然对自学产生了极大兴趣。拜普拉达斯来找我,告诉了我一切。‘叔叔,’我说道,‘我知道你一直以来都有个愿望,梦想去贝拿勒斯朝圣。你最好现在就去吧,我来照看这姑娘。我会照顾好她的。’

“于是他走了。我让这姑娘住在斯利帕提·查特瑞吉家里,假称他是她的父亲。后来发生的事情你都知道了。今天能从头告诉你所有的事,我感到轻松很多。这听起来像部罗曼史,不是吗?我想过把这事写成一本书,印出来。可我并不擅长写作。他们说我的侄子倒有些文学天分——我会让他替我写的。不过你

---

① 帕尔瓦蒂,湿婆的妻子,湿婆是印度的毁灭之神。

最好能跟他合作下，因为我还不大清楚这故事的结局。”

赫曼塔没太在意帕里·桑卡的总结，问道：“难道库苏姆没反对这桩婚事吗？”

“哦，”帕里·桑卡说，“这很难讲。你知道的，孩子，女人的心思都是那样。当她们说‘不’时，意思是‘好的’。那阵子刚搬到新家时，她看不到你，都快急疯了。而你也不知从哪里打听到了她的新住处，你时常在上学时迷了路，来到斯利帕提的房子前转悠。你看起来并不是在寻找院长学院，因为学院就在这所住宅那围着栅栏的窗户对面，而只有昆虫和为爱痴狂的年轻人的心可以进入那窗户。我为你们俩感到难过。我能看出来你的学业受到了严重干扰，而那姑娘的处境也很可怜。

“有一天我叫来库苏姆，对她说：‘听着，我的孩子。我是个老人了，你在我面前大可不必害羞。我知道你的心上人是谁。那年轻人也一样是为情所困。我希望我能帮助你们在一起。’库苏姆听到这话后，泪流满面地跑开了。过了几天，我去拜访斯利帕提。我叫来库苏姆，和她谈论有关你的一些事，终于慢慢克服了她的羞涩。最后，当我说我可以试着促成你们结婚时，她问道：‘那怎么可能呢？’‘别担心，’我说，‘我可以假称你是婆罗门种姓的姑娘。’在争论了很久之后，她求我去问问你是否同意这事。‘这话太荒唐了，’我回答道，‘那男孩为你这样疯狂，何必又用这些复杂的事情去困扰他？就让婚礼顺利地举行吧，然后——皆大欢喜。

特别是当这个秘密根本不可能被泄露时,为什么要说出来让一个人终身烦恼呢?'

"我不知道库苏姆是否赞成这个计划。她有时候哭泣,有时候又沉默不语。如果我说'算了我们放弃吧',她就会特别不安。当事情发展到这个程度时,我让斯利帕提去找你提这桩婚事。你毫不犹豫地答应了。一切问题都解决了。

"就在婚期确定之前,库苏姆突然执意不从,我费了好大力气才劝她回心转意。'这件事还是算了吧,叔叔,'她一直对我这样说。'你这是什么意思呀,傻孩子,'我责备着她,'一切都安排好了,我们现在怎么能放弃呢?'

"'你就对外说我死掉了吧,'她恳求道,'把我送到远一点的地方。'

"'那你的小伙子该怎么办呢?'我说,'他现在幸福无比,期待着明天他朝思暮想的愿望就要实现了;可今天你却要我带给他你的死讯。结果就是明天我会把他的死讯带给你,然后明天晚上你的死讯又会传给我。孩子,你想想,我这一把年纪,怎么能干出同时害死一个姑娘和一个婆罗门的罪过呢?'

"最终婚礼在一个黄道吉日举行了,我觉得身上卸下了一个重大责任,我欠我自己的责任。后来发生的事情你自己最清楚了。"

"你给我们带来这不可挽回的伤害后就不能收手吗?"在短暂

的沉默后，赫曼塔爆发了。“为什么你现在又要说出这个秘密？”

帕里·桑卡镇定自若地回答道：“当我看到你妹妹的婚礼已经准备完毕时，我对自己说：‘我已经玷污了一个婆罗门的种姓，可那只是我必须要做的。而现在，另一个婆罗门的种姓陷入了危机，这次我的责任是避免它发生。’于是我写信告诉他们，我可以证明你娶了一个首陀罗的女儿做妻子。”

赫曼塔极力控制住自己，说道：“那我抛弃这个女孩后，她会怎么样？你会照顾她的衣食住行吗？”

“我已经做了我该做的，”帕里·桑卡平静地说，“我没有义务去照顾其他人的弃妇。来人啊，给赫曼塔少爷倒一杯加冰的椰奶。再拿些槟榔叶来。”

赫曼塔没有接受这奢侈的款待，他起身离开了。

五

这是满月渐亏的第五天晚上——夜色很沉。没有鸟鸣，池塘边的荔枝树像是深色背景下更深的一块墨迹。南风像一个梦游者在黑暗中漫无目的地游走。夜空中星星机警地睁着眼，竭力尝试着穿透这黑暗，窥探到一些神秘莫测的事情。

卧室的灯没有开。赫曼塔坐在床边，靠着敞开的窗户，双眼凝视他眼前的黑暗。库苏姆躺在地上，紧搂着他丈夫的双脚，她的脸伏在他脚上。时间像静止的大海一般停滞了。在夜晚这永恒的背景下,命运女神似乎永远在画着这样一幅图景——一切的毁灭,审判者在画图的中央,他的脚边是那个罪人。

穿拖鞋的脚步声再次传来,靠近了门口,赫里赫尔·慕克吉说:"我已经给了你足够的时间了,——不允许你再拖了。把这女孩赶出我们家。"

听到这里,库苏姆使出浑身力气,抱紧了她丈夫的双脚,不停地亲吻着它们,用她的前额轻轻触碰它们后,退了下去。

赫曼塔站起来,走到门边,说:"父亲,我不能抛弃我的妻子。"

"什么!"赫里赫尔吼道,"你是不要你的种姓了吗?"

"我不在乎什么种姓。"赫曼塔淡定地回答。

"那我也和你断绝关系。"

胜 利

她是阿吉塔公主。而她父亲那拉杨国王的宫廷诗人从来没见过她。每当诗人在国王面前朗诵一首新诗时，他都会刻意提高嗓音，高到使声音飘向剧场上方，让那被屏风遮挡的露台上的人儿可以听见。他要将歌声送到自己无法触及的星空，在那儿，有一颗被光环笼罩的星球，闪耀着遥远而未知的光芒。

在那些纱幔后方，他常常会突然瞥见人影晃动。他在车上偶尔会听见远处叮当的声响，并由此幻想那双脚踝是怎样优美地移动着，系在脚上的金色铃铛摇晃出阵阵轻歌。啊，那双柔软的、粉嫩的小脚走过大地上的尘土，如同上帝的慈悲落入了凡间！诗人将这双脚放在了心中的圣坛上，他跟随着这些金色铃铛的跳跃来编写自己的诗歌。他从未怀疑过是谁的身影在屏风后晃动，又是谁的脚踝和着他的心跳在唱歌。

公主的侍女曼加里每天去河边时都会路过诗人的家，她从来不忘和他悄悄说上两句。每当她看到路上没人，薄暮降临时，她就会大着胆子走进他的屋子，坐在角落的地毯上。她面纱的颜色，以及她头发上的花朵都似乎是经过精心挑选的。

人们对此暗地微笑并窃窃私语，这也不能怪他们。因为诗人社卡尔从不掩饰他们的会面给他带来的快乐。

她的名字意为落花。对于一个普通人来说，这层意思已经足够甜美。可是社卡尔又给这名字加上了新的寓意，称她为“飘落的春花”。于是这位普通的姑娘直摇着头说，啊，我！

当诗人吟诵春天的诗歌时，“飘落的春花”不断地出现在诗行里；国王听到时便会对他眨眼和微笑，诗人也以微笑回应。

国王会这样问他：“在春天的宫殿里，蜜蜂的职责仅仅是嗡嗡地飞行吗？”

诗人回答道：“不，它还要去飘落的春花上采蜜呢。”

然后他们便一起在王宫中大笑。有谣言说阿吉塔公主也笑她的侍女接受了诗人起的名字，而曼加里本人暗自高兴。

人生中交织着真相与谎言——上帝造人时就加上了这样的装饰。

而诗人所吟唱的都是纯粹的真相。诗歌的主题往往是爱神克里斯蒂娜，还有被爱的拉得哈，永生的男人和永生的女人，与生俱来的悲伤，以及永无止境的欢乐。从乞丐到国王，每一个人都在内心深处揣度着这些诗歌的真实。所有的人都会吟唱诗人的作品。在朦胧的月色下，在夏日的微风中，数不清的嗓音载着他的诗歌在这片土地上飘荡，在窗边，在庭院，在行驶的小船上，在行道树的影子里。

快乐的时光就这样流过。诗人吟唱，国王倾听，人们鼓着掌，曼加里去小河边，一次又一次路过诗人的家——人影从露台上的屏风后轻快掠过，远处传来小金铃清脆的响声。

与此同时另一位诗人正从南方赶来，前行在挑战的途中。他来到阿玛拉普王国，见到了国王那拉杨。他站在御座前，吟诵了一首赞美国王的诗。他这一路已经挑战过所有的宫廷诗人，并且常胜不败。

国王盛情接见了他，说道："诗人啊，我欢迎你的来到。"

朋达里克，那位诗人，骄傲地回答："陛下啊，我是来比赛的。"

国王的宫廷诗人社卡尔不明白诗歌怎么能分输赢。他一夜未眠。在黑暗中，他面前晃动着那位著名诗人朋达里克的壮硕身形，他尖尖的鼻子弯成了一把刀，他傲慢的脑袋歪向一边。

早上，社卡尔忐忑不安地来到演艺厅。剧院里已经挤满了人。

诗人朝他的对手微笑着鞠了一躬。朋达里克却回以轻轻的一甩头，转脸朝着他的支持者们意味深长地一笑。社卡尔朝着高高在上的露台投去深情的一瞥，对他的心上人默默行礼，念道："我的夫人，如果今天我是这场比赛的胜利者，那么这荣誉和胜利都属于您。"

喇叭声响起来了。密密麻麻的观众站起身，对国王发出胜利的呼声。国王身着宽大的白色长袍，像秋日天空中漂浮的白云，他缓缓走进剧场，坐到宝座上。

朋达里克站了起来，偌大的剧场变得鸦雀无声。他高昂着头，挺起胸脯，开始用洪亮的嗓音朗诵起赞美国王那拉杨的诗。他口中迸出的词语冲向剧场的四壁，仿佛被敲碎的海水飞溅到听众的胸腔中。他用精湛的技巧诠释着那拉杨这个名字的多重含义，并在他的诗句中将每一个字母串起来，巧妙地组合，大家都听呆了。

在他落座之后好几分钟，他的声音仍旧萦绕在王宫的梁柱上，回荡在无数人的心中。从远方而来的渊博学者们举起他们的右手，叫道，Bravo![①]

国王扫了一眼社卡尔的脸，作为回答社卡尔一度抬起他的双眼，满含痛苦地看着他的主人，然后他像围栏中受伤的鹿一样站起来。他的脸很苍白，露出像女人一样的羞怯；年轻的他身材纤瘦，轮廓精美，看上去像一把绷紧了弦的七弦琴，在最轻微的触碰下就能迸发出音乐。

他低着头，一开始他声音很低。开头的几句几乎都听不见。然后他慢慢地抬起头，他清澈优美的嗓音像颤抖的火焰升向天空。他以远古传说中被旧时的雾霭掩盖的王的诗句开始，又沿着英雄主义的漫长里程和无可匹敌的慷慨将这些句子带到了现在

① 太棒了。

的时代。他凝视着国王的脸，他将所有人们对皇室那浩大的、无法言语的爱熔进诗歌里，化成缕缕香烟围绕在宝座四周。当他颤抖着坐下时，说出了最后一句话："我的主人啊，我也许会在文字游戏中落败，然而我对您的爱是胜过所有人的。"

泪水涌上了听众们的眼眶，满场都是胜利的呼喊声，撼动着石头墙壁。

这时候，朋达里克庄严地摇着头、发出一声嘲讽的冷笑，站了起来。他嘲笑着一致动情的听众，对人群抛出一个问题："还有什么比语言更加优越?"剧场里一时又陷入沉静。

随后他卖弄起惊人的学识，论证道语言是万物之源，语言就是上帝。他引经据典，为语言搭建起高高的圣坛，凌驾于天上人间万物之上。他用宏伟的声音重复着那问题："还有什么比语言更加优越?"

他骄傲地环顾周围。没有人敢接受他的挑战，于是他慢慢地坐下来，像只刚刚吃饱了猎物的雄狮。梵学家们叫起来：Bravo!国王怀着期待保持沉默，而诗人社卡尔感觉自己在如此渊博的学识面前一无是处。那天人们就这样散去了。

第二天社卡尔开始表演歌唱。就在那一天，瓦林达森林中沉静的空气第一次被这爱的笛声惊动了。牧羊的女人们不知道这音乐来自何方，出自何人之口。有时它仿佛来自南风的中心，有时又似乎来自山顶上漫步的云彩。它从太阳升起的那片土地上带来约会的讯息，又满含着悲伤的叹息漂浮在落日的边缘。天上的星星点缀了演奏这旋律的乐器，让夜晚充满了梦幻。这乐声仿佛一瞬间从四面八方迸发出来，它来自田地和树林中，来自林荫小径和孤寂的道路上，来自天空中那片融化的蓝色，来自草地上微微发亮的绿色。人们无法理解这音乐的含义，也无法用语言表达出他们心中的渴望。他们的眼中满含泪水，他们的人生似乎在追求着死亡的圆满。

社卡尔已经忘记了他的观众，也忘记了自己与对手的较量。他孤单地站在那儿，满脑子的思想在他身边沙沙作响，像是夏日微风里的草叶在颤抖，他唱起那首长笛之歌。在他的心中升起了一个形象，是他从一个人影上勾勒而出，他脑子里回想起模糊的叮当声，是他从远方的脚步声中辨认出来。

他落了座。他的听众们因为难以言喻的悲喜感而颤抖，那感觉庞大又模糊，让他们都忘记了为他鼓掌。当这份感觉渐渐散去时，朋达里克来到国王的宝座前，开始挑战他的对手，要求他定义谁是爱的人，谁又是被爱的人。他傲慢地打量着他，微笑地看着他的支持者们，再一次抛出这问题："谁是讫哩什那神，那位爱神，谁又是拉得哈，那位被爱的人？"

随后他开始分析这些名字的来源，——以及对他们意义的不同阐释。他展露出高超的技巧，为困惑的观众们解释了各种流派的所有复杂学说。他将这些名字拆分成一个个字母，然后毫不留情地用逻辑将它们逼到一片混乱的尘土中，以使他们重组成词汇学家们难以想象的全新意思。

学者们万分欣喜；他们喊叫着大声鼓掌；他们身后是被蒙骗的人群，他们坚信自己在那天见证了一位天才在大家面前将真理的最后一角撕成碎片。他们为他伟大的演出而欣喜若狂，以至于忘记了扪心自问，是否还有真理存在。

国王也被惊喜冲昏了头脑。萦绕在空气中的所有音乐的幻象都被清空了，周围的世界也仿佛不再是一片新鲜柔和的绿地，而变成了坚固、平坦、铺满坚硬碎石的大道。

对于众人来说，这位巨人可以随时随地引经据典，在语言和思想的领域横扫一切障碍，相比之下他们自己的诗人简直就是个孩子。他们第一次清晰地认识到社卡尔写的诗歌是多么简单，其实连他们自己都能写出来。这些诗歌一点都不新颖、不难懂，毫无启迪、毫无用处。

国王尝试用锐利的眼神刺激他的诗人，静静地鼓动他做最后的一搏。可是社卡尔没有察觉到，而是牢牢地坐在位子上。

在愤怒中，国王从宝座上走下来——他摘下自己的珍珠项链，戴在了朋达里克的头上。剧场里的每一个人都欢呼起来。高高的看台那边传来轻轻的响动，是衣裙沙沙的摩擦声和腰链上金铃的丁当声。社卡尔站起身来走开了。

这是个昏暗的夜晚，月亮渐渐消瘦下去。诗人社卡尔从书架上取下他的那些手稿，将它们堆在地上。其中有一些早期的作品，他都几乎忘记了。他翻动着手稿，随口读出书页上的文字。他现在觉得自己的作品都那么贫瘠而琐碎——仅仅是些辞藻和孩子气的韵文而已！

一本接一本地，他把自己的书稿撕成了碎片，扔进了火盆里，说道："献给你，献给你，哦我的美人，我的火焰！在我虚度的所有年华里，我的心儿一直为你燃烧。如果我的生命是一块金子，那么它会在这种磨炼中变得更加闪亮，然而它只是一片被蹂躏的草地，在燃烧过后只留下这一捧灰烬。"

夜色渐渐深沉。社卡尔将窗户大开着。他在床上洒满了自己最喜爱的白色的花，茉莉、晚香玉和雏菊，又把家中所有的油灯都搬进卧室里点上。随后他喝下了用蜂蜜混合的毒汁，躺倒在床上。

门外的小径上传来金色脚镯的脆响，一阵淡淡的香水味飘进了屋子。

诗人紧闭着双眼，说："我的夫人，您终于对您的仆人起了怜悯之心，来看望他了吗？"

回答他的是一个甜美的嗓音："我的诗人，我来了。"

社卡尔睁开眼——他看到床前一个女子的身影。

他的视力已经变得模糊。他仿佛看到，他供奉在心中圣坛上的那个身影在他生命的最后一刻，走到了外面的世界里，正注视着他的脸。

那位女子说："我是阿吉塔公主。"

诗人竭尽全力坐了起来。

公主在他的耳边轻声说："国王对你的裁决并不公正。你才是那场比赛的胜利者，我的诗人，我要来用胜利者的花环为你加冕。"

她从自己的脖子上摘下那花环，戴在他的头上，那诗人便倒下死去了。

视　觉

一

我嫁人后不久，生下来的第一个孩子是死胎，自己也差点死掉。我的身体恢复得很慢，视力也变得越来越差。

那时我的丈夫正在学医。我的眼疾倒没有让他那么难过，因为他正好可以在我身上测试他的医学水平了。于是他开始帮我医治眼睛。

我的兄长那会儿在准备法律考试。有天他来看我，我的情况让他紧张起来。

“你这是在做什么?”他问我丈夫。“你这样会害了库姆的。你应该马上去请个好医生来看看。”

我的丈夫不耐烦地说：“为什么！一个好医生能比我做得更好嘛？她这病并不复杂，治疗方法也很常见的。”

哥哥带着一丝嘲讽说道：“你也许觉得你已经能和你们医学

院的教授平起平坐了吧。”

我丈夫生气了：“如果你结婚了，和你妻子就财产起了争执，你肯定是不会采纳我给你的法律建议吧。那么，你现在为什么又来给我医学方面的建议呢？”

当他们争吵的时候，我对自己说，当两个国王开战时，最可怜的就是他们脚下的土地了。现在这两个人起了争执，最大的受害者是我。

而有件事也让我感到特别不公，那就是，当我的家庭把我嫁出去后，为什么又要来干涉我。毕竟，我的快乐和痛苦都是我丈夫的事，和他们已经无关。

从那天以后，仅仅因为我的眼病这件小事，我丈夫和哥哥的关系就紧张起来了。

有天下午，我丈夫出门了，哥哥竟然带来位医生为我看病。他仔细检查了我的眼睛，脸色沉重。他说再这样耽误下去会很危险的。他给我开了张方子，哥哥马上就去订了药。那位陌生的医生走后，我请求哥哥别再管这事了。我确信这个医生私下的访问只会带来厄运。

我自己也很惊奇我能鼓起勇气对兄长说那样的话。以前我一直很怕他。我知道哥哥也对我的大胆感到惊奇。他沉默了一会儿，对我说：“很好，库姆。我不会再请医生来了。可是药送来以后你一定要吃。”

哥哥走了。药店把药送了来。我拿起那些药瓶，药粉，处方，所有的东西，把它们都扔进了井里！

我哥哥的干涉让我丈夫很恼火，他开始更加卖力地为我治疗。他尝试了各种药物。我按照他的吩咐包扎起双眼，戴上他给的墨镜，我滴他配的眼药水，还有所有他配制的药粉。我甚至喝下他给我的鱼肝油，尽管那油让我恶心。

每次他从医院回来，都会很焦急地问我感觉如何；而我会答道："哦！好多了。"事实上我已经很会自欺欺人了。当我双眼里流出的水变多时，我会安慰自己排出这些脓水是件好事；而当我的眼睛变得干涩时，我又会为丈夫的高超医术感到得意。

可是过了一阵子这种痛苦已经无法忍受了。我的视力日渐衰退，而且从早到晚都头疼不已。我看到丈夫变得越来越忧虑。我看出来他想找个借口去请位医生。所以我暗示最好能叫位医生来。

我能看出来，这回他大大松了口气。当天他就请来一位英国医生。我不懂他们在说什么，但我能听出来那位先生的口气十分严厉。

医生走后，他沉默了一会儿。我握住他的双手，说："这个人多么粗暴无礼啊！你为什么不叫个印度医生呢？那肯定会好多了。难道你觉得那个人比你还了解我的眼睛吗？"

我丈夫一言不发，过了一会儿，他用沙哑的嗓音告诉我："库姆，你的眼睛得动手术。”

我装作生他的气，气他这么久以来都瞒着我事实。

“你一直都知道是不是，”我说，“可是你什么也不说！你以为我这么幼稚，会害怕手术吗？”

听到这里他终于回过神来：“很少有人，”他说，“很少有这么勇敢的男人，能毫不退缩地面对一次手术。”

我笑了：“是啊，没错。男人们只有在妻子面前才那么英勇！”

他严肃地看着我，说：“你说的真对。我们男人都虚荣得要命。”

我笑道：“你确定你能比女人们还要虚荣吗？”

哥哥来了，我把他叫到一边，说：“哥哥，你请来的医生开的处方本来会非常好的；不幸的是，我把那药水和洗涤剂弄混了。那天我弄错药水后，我的眼睛就不断变坏；现在我需要动手术了。”

哥哥对我说：“你那时归你丈夫治疗了，所以我才没有再来看你。”

“不，”我回答道，“事实上，我是悄悄遵循你的医生在治疗自己呢。”

哦！女人怎么要说这么多的谎言！作为母亲，我们用谎言安抚孩子们；作为妻子，我们用谎言安抚孩子的父亲。我们永远摆脱不了这必要的谎言。

我的欺骗使我丈夫和哥哥之间的关系缓和了。哥哥因为要求我隐瞒丈夫而感到内疚;而我的丈夫很懊悔当初没有听从我兄长的建议。

最后,他们两人达成一致,叫来一位英国医生为我的左眼做手术。然而那只眼睛太虚弱了,没能熬过治疗;最后一缕微光从我左眼中消失了。然后另外一只眼睛也渐渐没入黑暗。

有一天我的丈夫来到我床边。“我再也无法厚着脸皮隐瞒你了,”他说,“库姆,是我害了你的眼睛。”

我感到他的嗓音被泪水梗塞了,于是我用双手捧起他的右手,说:“为什么!你没有做错啊。你做的都是你分内的事情。想想吧,如果什么陌生的医生来了,弄瞎了我的眼睛,那时我又如何安慰自己呢?可现在我觉得一切都最好不过了;我最大的幸运是在你手中丧失了视力。当拉姆钱德拉发现用一朵莲花献给上帝太少了时,他就献上了他的双眼来代替莲花。而我不喜欢把我的双眼献给上帝。从现在起,当你看到什么赏心悦目的东西时,你一定要说给我听;而你的话语将作为一份神圣的礼物,由你的视觉传送给我。”

当然,我没有当场就说出了这番话,因为在那一刻即兴的表达是不可能的。可是我曾经每一天都在思考这样的话语。当我心情沮丧,或者什么时候我的热情变得消沉,当我为自己的不幸感到难过时，我就会在脑中念叨这些句子，一个字一个字地，就像孩子重复自己听过的故事一样。然后我就能够再一次呼吸那充满和谐与爱的平静空气。

就在我和丈夫谈心的时刻，我告诉他这些，让他知道我的心声。

“库姆，”他对我说，“我因为自己的愚蠢犯下的错是无法再挽回了。可是我能做一件事。我会永远在你身边，尽我的全力来弥补你对视觉的渴望。”

“不，”我说。“那是不行的。我不会让你把家里变成盲人的疗养院。需要做的只有一件事，你得再娶一位妻子。”

当我试着向他解释这事的必要性时，我的声音有些残破。我咳了几声来掩盖自己的感情，可他却冲口而出：

“库姆，我知道我是个傻瓜，是个吹牛大王，我有那么多不好，可我不是个混蛋！我发誓，我要是再娶——我对戈皮纳特，我家族的神灵郑重地发誓——就让那最恶毒的诅咒，杀亲的诅咒，来惩罚我！”

啊！我永远、永远也不会允许他发那样的毒誓。可是我哭得说不出话来，心中的欢喜让我几乎承受不起。我将脸藏在枕头里，一遍又一遍地抽泣。最后，当我第一波决堤的泪水干了，我把他的脑袋搂在我胸口。

“唉，”我说，“你为什么发这样可怕的毒誓呢？你以为我让你再娶只是为你寻欢作乐吗？不是！我是为我自己考虑，这样就有人分担我失明前的一些家务活了。”

“家务活！”他嚷道，“家务活！那些让仆人们做就好了。你以为我会蠢到娶一个奴才来家里，让她和我身边的这位女神共享一顶皇冠吗？”

当他说到“女神”两个字时，他用双手托起我的脸，然后在我眉间印上一吻。就在那一刻，那他吻我的那个地方，我的天眼开了，我真实地感受到了献礼。

我心中想道：“好了。我无法再照顾他的饮食起居。可是我会上升到更高的层次。我会从高处给他带来祝福。再也没有谎言了！我再也不用欺骗他了！我生活中曾经的那些纠结和伪装都将永远消失了！”

那天，整整一天，我心里都在挣扎。我丈夫那庄严的誓言让他不可能再娶了，这给我带来的欣喜深深扎根在我心内，无法根除。然而一位新的女神给了我新的加冕，告诉我：“总有一天你的丈夫需要打破誓言再娶，这对他有好处。”可是我心中的那个女人说：“也许吧；可誓言毕竟是誓言，无法打破的。”我心中那女神回答道：“即使那样你也没有理由为之狂喜。”随后那女人说：“毫无疑问，你所说的是正确的；不管怎样他都发过誓了。”然后同样的情节一次又一次地上演。最终那位女神静静地皱起眉头，而一种深深的恐惧向我压来。

我丈夫满心悔恨，不让仆人做我的家务；他坚持要自己来做。一开始，我每件小事都要依赖他，这给我带来了无限的快乐。这样可以让他一直呆在我身边，而自从我失明后，对他就有了强烈的占有欲。当我的双眼失去了他的形象后，我其他的感官就愈发渴望得到他。当他不在我身边时，我便会觉得悬在了半空，失去了一切有形的东西。

以前，当丈夫迟迟归来时，我曾经打开窗户，看着外面的路。那条路连结起我和他的世界。如今我再也看不到这条连结线了，于是我的身体就会走出去寻找他。我们之间曾有过的桥梁消失了，现在留下了无法逾越的鸿沟。当他不在我身边时这条鸿沟更像打呵欠的人一样张大了嘴。我只能等待，等他回来，从他的岸边跨越到我这边。

然而这种强烈的渴望和这样深深的依赖绝对不是好事。凭良心说，一个男人有了妻子已经是个负担，而一个失明的妻子会让他的生活无法忍受。我发誓我愿意独自承受痛苦，绝不会让我的丈夫卷进我那弥漫着黑暗的世界。

我在极短的时间内训练好了自己，依靠触觉、听觉和嗅觉去做我的家务。事实上我很快发现自己比以前更能干了。因为视觉常常会干扰我们。于是，当我飘移的双眼不再起作用了，我其他的感官便能平静、圆满地各司其职。

坚持不懈的锻炼给了我经验，我不再让我丈夫帮我干活了。

一开始他还郁闷地抱怨，说我阻止了他的赎罪。

可是我不以为然。不管他怎么说，我能感到当他卸下这些家务时，还是松了口气的。每天都伺候失明的妻子可无法让一个男人过得舒心。

二

最终我丈夫结束了学业。他离开加尔各答，去了一个小镇当实习医生。在那里我开心极了，经过了失明的痛苦，我此时感觉自己回到了母亲的怀抱。我八岁时就离开了我出生的乡村，嫁到了加尔各答。十年过去了，在这个大城市里我对家乡的记忆都模糊了。只要我还能看得见，加尔各答那繁忙的都市生活就掩盖住我的童年记忆。可当我失明后，我第一次知道，加尔各答仅仅吸引住了我的双眼：它无法充实我的思想。而现在我看不见了，童年的画面却一一浮现，像天黑后夜空中的星星一颗一颗闪露出来。

我们在十一月初离开加尔各答，到了哈新浦。这是个陌生的地方，可我很快溶进了这乡村的气味和声音中。早晨的清风从新犁的土地上飘来，开花的芥菜散发出温柔的甜香，远处传来牧童的笛声，即便是听到牛车嘎吱嘎吱地驶过崎岖的乡间小路，都让我满心欢喜。我过去的记忆，那无法言语的香气和声响，在这里成了活生生的存在，而我失明的双目也无法否认这一切。我回到了过去，再一次度过了童年。只有一样东西没有了：我的母亲不在我身边。

我似乎可以看到我的家，家门口的池塘边生长着一圈高大的菩提树。我可以在脑海中勾画出我年老的奶奶，她散开一缕缕的发辫，背对着阳光坐在地上，正晒着那些小小的扁豆，准备做菜吃。可是有时我记不起她用衰弱和颤抖的嗓音哼出的歌曲了。在夜晚，每当我听到小牛犊在低鸣，我都几乎能看到妈妈提着油灯走在牛棚边上的身影。那湿湿的草料气味和烧秸秆的刺鼻烟味会深深钻进我的心窝。我还能隐隐听见远处庙里的大钟被河边的微风拨动，铿锵作响。

加尔各答的浮躁和流言蜚语只会让人的心肠变硬。在那里，生活中所有的责任都失去了他们的新鲜和无辜。我还记得有一天，我的一位朋友走进来对我说："库姆，你为什么不生气呢？如果我的丈夫像这样对待我，我永远不会再看他一眼。"

她试图让我发火，因为我丈夫过了许久才请来医生。

"我的失明，"我说，"本身就是一种罪过了。我为什么还要恨我的丈夫，让这罪过更深呢？"

当我的朋友听到这样老套的话从一个黄毛丫头嘴里说出来时，她带着极大的轻蔑摇摇头，鄙夷地离开了。可是当时不管我回答什么，我说出的话已经留下了恶意；而一旦这种恶意被说出来，就永远无法完全清除了。

所以你看看，加尔各答的流言蜚语永无止境，让人心变得冷漠。可当我再次来到乡村，所有我之前的希望和信心，所有我童年的信仰，都再一次新鲜明亮起来。上帝来到我身边，充盈了我的心灵和我的世界。我朝他鞠躬，说道：

"感谢您带走了我的视力。您已与我同在。"

啊！可是我说得过分了。"您已与我同在"的说法太冒昧。我们只能这样讲："我必对您真诚。"即使我们一无所有，生活仍要继续。

三

我们度过了愉快的几个月。我丈夫成为了当地小有名气的医生。我们也随之有了积蓄。

可是金钱也会带来麻烦。我无法指出确切的问题；而盲人总比正常人有着更敏锐的感知，因此我察觉到当我们渐渐富有时，我的丈夫也变了。

以前的他特别有正义感，常常告诉我一旦有机会他就会多么希望去帮助穷苦的人。他鄙视那些在收到费用前拒绝为穷人把脉的同行。而现在我觉得不一样了，我奇怪他竟然变得那样冷漠。一次一个穷苦的妇女来看病，求他行行好，救救她唯一的孩子，被我丈夫断然拒绝了。而当我亲自恳求他帮助那人时，他也只是敷衍了事。

在我们没有这么富有时我丈夫并不喜欢金钱方面的事情，他总是行事谨慎而光明正大。可当他在银行有了一大笔存款后，他却常常和一些地主经纪人那样的家伙在密室里一谈几个小时，一看就知道没什么好事。

曾经的他去哪里了？这个男人——我失明前熟知的丈夫；那天亲吻着我的额头，奉我为女神的那个丈夫，都变成什么样了？有些人曾经在一点点的鼓励下就能激发出莫大的善举。而日复一日地，他们道德的一面渐渐干涸；外来的影响慢慢覆盖了内在的生命，——这样的病变总有一天会无可救药。

我的失明原本只导致了生理上的一些不便和隔阂。可是，天哪！当我发现他已经不再和我是一条心，当那一刻他站在我身边，我们彼此都意识到了我是个瞎子时，我几乎要窒息。这是一种真正的隔阂！

我怀着新鲜的爱情和不变的信仰，守护着我心内的圣坛。而我的丈夫离开了这永恒而圣洁的庇护地。随着对金钱的疯狂追求，他飞快地消失在了一片贫瘠、干枯的荒原里。

有时候我也怀疑事情没有想象的那么糟糕：可能我因为看不见而夸张了这一切。或许我在能看见的情况下就会接受这样的世界。而无论如何，在我的心绪和想象中这就是我丈夫现在的样子。

有天一位穆斯林老人来到我们家，想请我丈夫去为他的小孙女看病。我可以听见那老人说："大夫，我是个穷人；可是跟我去吧，真主会保佑你的。"我的丈夫冷冷地回答道："真主保佑我也没有用；我只想知道你能给我什么。"

当我听见这话时，我真想知道上帝怎么没有让我在瞎了的同时也变成聋子。那位老人深深地叹了口气，走开了。我让女仆去把他带回来。我请他来内室见我，放了一些钱在他手中。

"请接受这些吧，"我说，"给你的小孙女用，请位可靠的医生照顾她。也请为我的丈夫祈祷吧。"

可后来那一整天我都没有吃饭。下午我丈夫午睡起来时，问我："你怎么脸色这样苍白？"

我本想说我以前总会说的话："哦！没事的。"可那些欺骗的日子早已过去了，于是我直率地告诉他：

"最近我一直在犹豫，"我说，"犹豫了很久想跟你说些事。要表达出来我的意思挺费劲的。即使现在我也可能说不清楚我的想法。可你一定知道是怎么回事。我俩的距离变得越来越远了。"

我丈夫很不自然地笑了，他说："改变是大自然的规律。"

我说："这我知道。可是有些东西是永远不会变的。"

然后他严肃起来了。

“外面有很多女人，”他说，“她们有真正悲苦的原因。有些人的丈夫挣不到钱。有些人的丈夫不爱他们。可是你却在莫名其妙地烦恼。”

于是我明白了，我的失明让我看见了一个永远不会改变的世界。是的！就是这样。我不像其他的女人。我的丈夫永远也不会理解我。

四

我们的生活照旧继续了一段日子。随后这种单调乏味被打破了。我丈夫的一位姑姑前来拜访我们。

在我们第一次正式见面后，她脱口而出的第一件事是：“唉，库姆，你失明了实在是可惜；可是你为什么要把自己的痛苦加在你丈夫身上呢？你得让他再娶位妻子啊。”

随后是一阵尴尬的沉默。此时只要我丈夫开个小玩笑，或者对她的话置之一笑，一切都会没事了。可是他结结巴巴地犹豫了一阵，最后紧张而愚蠢地说道：“你真那么认为吗？说实话，姑姑，你不该那么讲的。”

他的姑姑转向我。“我说得不对吗，库姆？”

我干笑了一声。

“最好是请您，”我说，“问一下更合适的人来胜任这件事吧。

小偷扒钱包时从来不会开口请求别人许可的。”

“你说得很对，”她殷勤地说道，“阿宾纳什，我亲爱的，那我们单独谈谈吧。你有什么意见？”

过了几天，当着我的面，我丈夫问她是否认识哪位体面家庭的女孩可是帮助我做做家务。他明明知道我并不需要帮助。我没有说话。

“哦！多得是呢，”他姑姑回答说。“我有位表亲的女儿正好到了婚龄，是个好女孩你肯定满意。她娘家人要能找到你这样女婿绝对很高兴的。”

他又一次发出了不自然而犹豫的笑声，说道：“可是我没有说要娶她啊。”

“你怎么能指望，”他姑姑问，“让一个体面家庭的女孩到你家里来，又不给她名分呢？”

他不得不承认这话有道理，然后又紧张地沉默起来。

他离开后我关上门，独自一人站在无边的黑暗里，我呼唤的我的上帝，祈祷着：“哦上帝呀，请拯救我丈夫吧。”

过了一些日子，有天我晨祷过后刚从神龛那里走出来，他的姑姑就上前温情地握住了我的双手。

“库姆，那女孩来了，”她说，“前些日子我们就在合计这事。她叫赫曼吉尼。她看到你会很高兴的。赫曼，到这儿来见见你的姐姐。”

就在这时我丈夫也进屋来。当他看到那个陌生女孩时，装作十分诧异，想要退出去。可是他姑姑说："阿宾纳什，亲爱的，你跑什么啊？没有必要的。这就是我表亲的女儿，赫曼吉尼，来看你的。赫曼，对他鞠个躬吧。"

他好像挺惊奇，开始不断问他姑姑这位客人什么时候来的，为什么要来，怎么过来的。

我觉得这一切都很无聊，就拉着赫曼吉尼的手，带她进了我房间。我轻轻抚摸着她的脸，手臂和头发，她大约十五岁，长得十分美丽。

当我碰到她的脸时，她突然笑起来了，说："啊！你在做什么呀？是在给我催眠吗？"

她甜美清脆的笑声像阵银铃，很快拨开了我们之间的乌云。我伸出右手搂住她的脖子。

"亲爱的，"我说，"我是在试着看见你啊。"我又伸出左手抚摸起她柔软的脸蛋。

"试着看见我？"她说，又发出一阵大笑。"难道我像你家菜园子里的一颗蔬菜，你要把我摸个遍，看看我有没有熟透吗？"

我突然想起她并不知道我是个瞎子。

"妹妹，我的眼睛瞎了。"我说。

她安静下来。我可以感觉到她年轻的大眼睛，充满好奇，凝视着我的脸。我知道那眼中满是同情。过了一小会儿，她若有所思，有些迷茫地说：

“哦！我现在懂了。所以你丈夫才邀请他姑姑来呆在你家吧。”

“不是的！”我回答，“你弄错啦。他没有请她过来。是她自己要来的。”

赫曼吉尼发出清亮的笑声。“我姑姑就是那样，”她说，“她总是不请自来，挺烦的吧？不过既然她来了，我保证可没那么容易让她马上就走哦。”

然后她停下来，有些困惑。

“可是为什么父亲让我过来呢？”她问。“你能告诉我吗？”

我们说话时那位姑姑刚好进来。赫曼吉尼对她说：“你想什么时候回去呀，姑姑？”

那位姑姑似乎很心烦。

“这是什么话！”她说，“我从没见过你这么不安分的孩子。我们才刚刚来，你就问什么时候回去！”

“对你来说没问题，”赫曼吉尼说，“这是你亲戚的家呀。可我呢？我跟你说我可没法一直呆在这。”然后她抓起我的手说，“你觉得呢，亲爱的？”

我搂住她，什么也没说。那位姑姑很为难。她感到事情不在她掌控中了；于是她建议带着侄女一起去河边洗澡。

“不！我要和她一起去，”赫曼吉尼说道，紧挨着我。她姑姑放弃了,害怕硬拉她走会遭到反抗。

我们一起来到河边,赫曼吉尼问我:“你为什么没有孩子呢?”

她的问题吓了我一跳,我回答:“我怎么知道呢?上帝没有给我孩子。就是这个原因。”

“不对,不是那个原因,”赫曼吉尼飞快地说。“你一定是做了什么错事。看我姑姑,她就没有孩子。一定是因为她心地不善良。可是你心中又有什么缺点呢?”

那些话伤到了我。我对邪恶之事是无能为力的。我深深地叹气,心中默念道:“我的上帝!您是知道原因的。”

“哎呀我的天,”赫曼吉尼叫道,“你干嘛要叹气呀?没人把我的话当真的。”

她的笑声回荡在河面上。

五

随后我发现丈夫的工作开始频繁地被打断。他再也不接长途电话,而且常常匆忙地离开他的病人,哪怕手头的活儿即将结束也是这样。

以前只有在午饭和晚上他才会进来房屋的里间。可现在,他开始不停地去看他姑姑,为了些不必要的嘘寒问暖。每当我听到她大声呼唤赫曼吉尼去倒水时,我便马上知道我丈夫过去了。一开始那姑娘还听话；后来她就不答应了。

这时那位姑姑就会用讨好的声音叫道："赫姆！赫姆！赫曼吉尼。"可是赫姆只会满怀遗憾地靠在我身边。一种恐惧和哀伤感让她变得沉默。有时她会像着了魔似的朝我蜷缩起身子，对将要到来的一切浑然不知。

就在这段时间里，我的哥哥从加尔各答来看望我了。我知道他的观察力有多么敏锐，他的正义感又是多么强。我担心我丈夫会不得不接受他的质问。所以我努力显得欢喜而喋喋不休，企图隐瞒真实的情况。不过我恐怕演得过分了：这种表现对我来说太不自然。

我丈夫开始明显地焦急起来，并问我哥哥要呆到什么时候。最后他的不耐烦已经让人不好意思了，我哥哥只好离开。走之前他将手放在我的头顶，停留了一会儿。我感觉到他的手在发抖，当他静静地为我祝福时，一滴泪水从他眼中跌落。

我清楚地记得那是一个四月的晚上，也是赶集的日子。来镇上的人们都从市场上往回走着。一场暴风雨就要来临；空气中满是潮湿泥土的气味和风卷来的水汽。我独自一人时，卧室里从来不点灯，我怕我的衣服会着火，或者发生其他事故。我坐在黑暗的屋里，在我没有光明的世界中呼唤着上帝。

"哦我的主啊，"我喊道，"您的脸被挡住了。我看不到。我瞎了。我紧紧抓着心中破损的船舵，直到双手流血。我面临的风浪太大了。您还要考验我多久呀，我的上帝，还有多久？”

我将头靠在床边，开始抽泣。我哭泣时感到床架稍稍移动了一点。然后赫曼吉尼就来到了我身边。她搂住我的脖子，静静地为我擦去泪水。我不知道那天晚上她怎么会在里屋等着我，也不知道她为什么一个人呆在那满是灰尘的地方。她什么也没有问我，一个字也没说。她只是将冰凉的手放到我额前，亲吻了我，就走了。

第二天早上赫曼吉尼当着我的面对她姑姑说：“你要是想留下来，可以。可我不行。我要和我家里的用人一起回家。”

姑姑说赫曼没必要一个人走，因为她自己也要走了。然后她装腔作势地笑着，从一只丝绒盒子里取出个镶满珍珠的手镯。

“看哪，赫姆，”她说，“看我的阿宾纳什给你买了多漂亮的一只手镯。”

赫曼吉尼一把从她手中抢过了手镯。

“看哪，姑姑，”她飞快地说，“看我有多厉害吧。”她把手镯扔向了窗外的水塘里。

那位姑姑，因为满腔的害怕，恼火，和惊讶，像只刺猬一样毛发竖立起来。她转向我，抓住我的手。

“库姆，”她一遍又一遍地重复着，“千万别对阿宾纳什说这古怪孩子做的事啊。他要是知道了一定会生气的。”

我跟她保证不必担心。我不会对他说一个字。

第二天，赫曼吉尼在走之前拥抱了我，说："亲爱的，要想着我哦；不要忘记了我。"

我用手指一遍遍地抚摸着她的脸颊，说："好妹妹，瞎子的记忆力是很好的。"

我揽过她的头，亲吻着她的头发和额头。我的世界突然之间变得苍白。那些美那些笑声和温柔的青春，曾经离我那么近的一切，都随着赫曼吉尼的离开而消失了。我伸开双臂摸索着，企图在我荒芜的世界里能找到一丝往日的残留。

过了一会儿我丈夫进来了。他看起来为她们的离开大大松了口气，表现得既夸张又空洞。他装作被姑姑的来访打扰了工作。

在此之前我和我丈夫之间只有失明这一道隔阂。现在，另一道隔阂出现了——关于赫曼吉尼的话题都有意地被避免。我丈夫假装毫不在乎，可我知道他的信件里提到了关于她的事。

五月初的一天早上，我的女仆走进我房间，问道："为什么有这么些去河边登岸的准备工作？主人要去哪里？"

我知道有什么事情在迫近我们了，可我对女仆说："我不知道。"

女仆不再敢问我更多的问题。她叹了口气，走开了。

那天夜里我丈夫来找我。

"我得去乡下看一个病人。"他说，"明天一大早就得出发，可能要去两三天。”

我从床上爬起来。我站在他面前，大声喊道：“为什么你要对我说谎？”

我的丈夫结结巴巴地说：“我——我对你说什么谎了？”

我说：“你就要结婚了。”

他没有说话。屋里一丝声音也没有。然后我打破了沉默：

“回答我，”我喊道，“说，是的。”

他回答说：“是的。”像一句微弱的回声。

我大声叫起来：“不！我永远不会允许你这么做。我得制止你做这件可怕的事，犯可怕的罪过。如果我做不到这点，那我怎么能称为你的妻子，又怎么能坚守我的信仰？”

整个屋子陷入了石头一般的死寂。我倒在地上，搂住我丈夫的双腿。

“我做错了什么啊？”我问道，“我有什么没有做到？跟我说实话。你为什么还要娶一个妻子？”

我的丈夫慢慢开口说道：“我跟你说实话。我害怕你。失明把你的世界封闭了，我现在走不进去。对我来说你不再是以前的你。你就像我的上帝那样神圣。我没法和你一起过平常的日子。我需要一个女人——一个普通的女人——让我可以随便吆喝她，哄她，宠爱她，责骂她。”

啊，撕开我的心看看吧！难道我不是个普通的女人？我仍然是那个曾经新婚的姑娘，那个心甘情愿去相信爱情，去托付自己，去膜拜上帝的姑娘。

我已经无法完全回忆起当时说的话了。我只记得我说过："如果我真是你的妻子，那么，上帝为我作证，你永远不能做这件罪恶的事，你永远不能打破你的誓言。在你做出这亵渎神明的事之前，要么我会成为寡妇，要么赫曼吉尼会死去。"

然后我跌倒在地上，不省人事。当我醒来时，四周仍然是黑夜。鸟儿们都安静下来。我丈夫已经走了。

那一整天我都在家中的神龛前做祷告。晚上暴风雨来了，我们的房子在电闪雷鸣和瓢泼大雨中摇晃。当我跪在神龛前时，我并没有请求上帝救救我风暴中的丈夫，尽管那时他正在危险的航道上。我祈祷着无论什么发生在我身上，我的丈夫都不能犯这样可怕的罪过。

夜晚过去了。第二天我仍然坐在神龛前。到晚上的时候人们听见门上传来摇晃和敲击声。他们撬开门，发现我昏倒在地上，把我送回了房间。

当我终于清醒过来时，耳边传来轻轻的声音："姐姐。"

我发现自己躺在房间里，我的头枕在赫曼吉尼的腿上。当我挪动时，我听见她的衣裙沙沙作响。那是婚纱发出的声音。

哦上帝啊，哦上帝啊！我的祈祷没有效果！我的丈夫已经堕落了！

赫曼吉尼低下头，甜甜地轻声说："姐姐，亲爱的姐姐，我是来请求你为我们的婚礼祝福的。"

一开始我像棵被雷电击中的树一样浑身僵硬。然后我坐起来，痛苦万分，强迫自己开口说话："我怎么会不给你祝福呢？错误并不在你。"

赫曼吉尼发出欢快的笑声。

"错误！"她说，"你结婚的时候是对的；而我结婚的时候，你却说是个错误！"

我试着用微笑回答她。我心中想道："我的祈祷并不是这世界上起决定作用的东西。他的意志才是一切。让诅咒降落到我身上吧。希望他们能毫发无伤。"

赫曼吉尼对我鞠躬，触摸了我的双脚。"祝你幸福，"我说，我祝福着她，"永远都光彩照人。"

赫曼吉尼仍然不满意。

"亲爱的姐姐，"她说，"光祝福我是不够的呀。你得让我们俩都快乐。你应该，用你圣洁的双手，迎接我来你家，也迎接我的丈夫。让我来把他介绍给你吧。"

我说："好的，带他来见我吧。"

过了一会儿我听见一阵熟悉的脚步声，还有一句，"库姆，你好吗？"

我惊得站起来，弯下腰去，叫道："哥哥！"

赫曼吉尼忍不住大笑起来。

“你还叫他哥哥吗?”她问。“大错特错啦！现在你该叫他弟弟了,你可以揪他的耳朵训斥他了,因为他娶了我,你的小妹妹。”

然后我明白了。我的丈夫被拯救了。他没有堕落。

我知道我的哥哥曾经决定终身不娶。而自从我们的母亲去世,也不再有长辈催促他去结婚。可是我,他的妹妹,因为我的痛苦与需求让他放弃了自己的决定。他为了我才结的婚。

欢喜的泪水涌上我的双眼,在我的脸上流淌。我无法停止它们。哥哥的手指轻轻地抚过我的头发。赫曼吉尼紧靠着我,笑个不停。

夜最深的时候我仍然醒着躺在床上,焦急地等待我丈夫回来。我无法想象他该怎样忍受这耻辱与失望的打击。

午夜过去了很久,我的房门慢慢开了。我从床上坐起身,听着。那是我丈夫的脚步声。我的心开始狂跳。他来到我床边,握住我的手。

“你的哥哥,”他说,“把我从毁灭之路上救了回来。我那时被一阵疯狂越拖越深。我陷入了狂热里,无法逃脱。上帝知道那天我上船时,背负着多么沉重的愧疚感。在所有的恐惧中,我甚至悄悄地希望自己能淹死,让我从而得到解脱。我到了马瑟加尼。在那儿我听到了让我自由的消息。你的兄长已经娶了赫曼吉尼。你不知道我听到这消息时有多开心,多羞愧。我赶紧又上了船。

在那一刻我清醒地认识到没有你我无法获得幸福。你是位女神。”

我又哭又笑，说：“不，不，不！我再也不要做女神了，我就是你的小妻子。我是个普通的女人。”

“亲爱的，”他回答道，“我也有句话要对你说。再也不要把我当成你的上帝，让我羞愧了。”

第二天我们的小镇沉浸在欢快的海螺声里。可是没有一个人再提到那个疯狂的夜晚，那个差点就让我们失去了一切的夜晚。

苏 芭

当一个女孩名叫苏芭什尼[①]时，谁能想到她会是个哑巴呢？她有两个姐姐，一个叫苏可什尼[②]，一个叫苏哈什尼[③]，于是她们的父亲为了统一就给最小的女孩起名为苏芭什尼。苏芭是她的小名。

她的两个姐姐都在花费了一笔正常的嫁妆后出嫁了，而现在小女儿成了父母心头的沉重负担。似乎所有人都认为既然她不会说话，那么她的感觉也是迟钝的。大家当着她的面儿讨论她的将来，随意表达着焦急的情绪。而当她很小的时候就明白自己是上帝带给家中的诅咒，因此她躲着众人，尝试着离群索居。她觉得只有父母都忘记她她才会好受点。可是谁能忘记痛苦呢？父母都在为她的事日夜揪心。对母亲来说，女儿是比儿子更亲近自己的；这女儿的缺陷便成了母亲个人的耻辱。巴尼坎塔，苏芭的

① 意为：甜美的声音。
② 意为：可爱的卷发。
③ 意为：甜美的笑。

父亲，对苏芭的疼爱胜过另外两个女儿；母亲却对苏芭心怀厌恶，仿佛她是自己身上的一个污点。

如果说苏芭缺乏语言能力，她却不缺一双黑色的大眼睛，上面覆盖着长长的睫毛；当她脑海中涌起任何想法时，她的双唇便像片树叶一般颤抖起来。

当我们要用语言表达想法时，找到转换的中介并不那么容易。这需要有一个翻译的过程，而且常常并不准确，这时我们就会说错话。可是苏芭黑色的大眼睛不需要翻译，它们直接折射出了她心中的想法。在这双美目中，思想时而开放，时而关闭，时而放射出光芒，时而没入黑暗，有时像升起的月亮一样稳稳挂在空中，有时又像飞快的，连续不断的闪电，照亮了天空的四角。那些一出生就只能用颤抖的双唇“说话”的人，学会了一种眼睛的语言，这种语言有着无穷的表现力，像大海一般深邃，天空一般明晰，其中有黎明，有黄昏，有光亮，有阴影。哑巴像大自然本身一般拥有一种孤独的高贵。因此其他的孩子几乎都害怕苏芭，也不来和她玩耍。她如同晌午的大地一般安静而孤单。

她住的村子是坎迪浦。村里有条河，在孟加拉省算是很小的河流了。河水像中产阶级的女儿一样坚守着窄窄的河道。水流从未淹没过河岸，却尽职尽责，仿佛它已成为村里每户人家的成员。河水两岸都是房屋林立，绿树成荫。于是这位水中女神也成了每一家园林的庇护神；她无暇顾及自身，直迈开轻盈欢快的脚步播散着无尽的祝福。

巴尼坎塔的房子就在这条小河的下游。河中经过的船只可以看见这一带每一个棚屋和每一个草垛。我不知道在这些公认的财产标志中,有没有人注意过一个小姑娘,她干完了活儿便悄悄来到水边坐下。在这里大自然满足了她说话的愿望,说出了她的心声。涓涓的水流,村民们的聊天声,船夫的歌声,鸟儿的叫声,还有树枝摇晃的沙沙声,正与她的心跳融为一体。它们汇成一股强大的声波,冲击着她不安的灵魂。大自然的这些低语和动静就是这哑巴女孩的语言;而这世间的语言对她的诠释,都藏在那双覆盖着长长睫毛的黑眼睛里了。从蝉鸣声声的树林到夜空中安静的星星,在她眼中只是一些手势与姿态,在呜咽、叹气。而在正午时分,当船夫和渔民都去吃饭了,村民都入睡了,鸟儿也安静下来,当渡船随处漂移,当忙碌的大世界在疲倦中停下来,突然成了个孤独、乏味的巨人时,在广阔无垠的天空下就只有那噤声的大自然和哑巴女孩了,它们沉静地坐着——一个在充盈的阳光下,另一个在小树的阴影里。

不过苏芭也不是完全没有朋友的。牛棚里有两只母牛,萨巴什和潘古力。它俩从未从苏芭口中听到过它们的名字,可它们认识她的脚步声。尽管她说不出话,可母牛们完全能理解她可爱的咕哝声,这胜过任何语言。当她爱抚它们,或是责备它们,或是哄着它们时,它们比人类更懂她的意思。苏芭时常会来到牛栏边,抱住萨巴什的脖子；她会用自己的脸颊蹭着她朋友的脸，而潘古力则会转向她美丽善良的大眼睛，舔她的脸。女孩每天三次固定地去看它们，其他时候的拜访则不一定。只要她听到了任何伤害自己的言语，她就会第一时间跑来找这些哑巴朋友。它们仿佛能从她悲哀而安静的脸上看出她心中的痛苦。于是它们走近她，用它们的角轻轻蹭着她的胳膊，以一种笨拙的、难以理解的方式试着去安慰她。除了这两只母牛，还有些山羊和小猫；不过尽管它们对苏芭也同样热情，苏芭却没把它们看作最好的朋友。每次一有机会，无论白天还是晚上，那只小猫都会跳上她的大腿，呆在那儿打个盹，当苏芭用柔软的手指抚过它的脖子和后背，哄它睡觉时，小猫就显得特别惬意。

苏芭在高等动物中间也是有位朋友的，他和苏芭的关系很不一般，因为他可以说话，而且他的表达能力也比一般人要强。他是哥萨因家的小儿子，名叫普拉塔普，是个游手好闲的家伙。在漫长的努力之后，他的父母已经对他自力更生不抱希望了。而这样的家伙还有个优势，那就是，尽管他们被家人厌恶，他们在外人中大体还是很受欢迎的。没有工作的束缚，他们就成了公共财产的一分子。就像每个小镇上都得有个开放的空间供人呼吸一样，村子里也得有两三个闲人，他们的时间对所有人开放。这样的话，当人们疲倦了希望有人陪伴时，就能找到合适的对象。

普拉塔普的主要兴趣就是钓鱼。他在这事上浪费了大量的时间，几乎每天下午大家都能看见他忙活着钓鱼。他也常常是在这种时候遇见苏芭。不管怎样，他也是喜欢有个伴儿的；而且，当人在钓鱼时，一个默不作声的同伴是最理想的了。普拉塔普很欣赏苏芭的缄默，为表示这种欣赏，他不像别人一样叫她苏芭，而是叫她苏。苏芭会坐在罗望子树下，而普拉塔普，离她一小截距离，拿着钓鱼竿。普拉塔普随身带着一小把槟榔，苏芭会为他准备好。我想，当苏芭长时间坐在那里看着钓鱼时，她一定特别渴望帮普拉塔普做点什么，成为他真正的助手，无论如何要向世界证明她不是个没用的包袱。可是没有什么需要她做的。于是她便转而向造物主祈祷，希望有种神奇的力量能帮她带给普拉塔普惊喜，让他赞不绝口："哇！我从没想到我们的苏还可以做这个啊！"

那只是想象而已了！如果苏芭是个水中小仙女，她或许可以慢慢从河里升起，把蛇王皇冠上的那颗宝石带到岸边。然后普拉塔普没准儿会丢下手中没意思的活计，潜到深深的水底，看到那儿一座银色宫殿中，金色的大床，床上坐着的不就是巴尼坎塔的孩子，小小的哑巴苏吗？是的，我们的苏，是那个珠光宝气的水下王国中唯一的公主！然而那是不可能发生的。既然一切都不可能，苏没有出生在帕塔普尔[①]的皇家宫苑里，而是巴尼坎塔家的孩

① 帕塔普尔，意为水底世界。

子，那她自然没有办法可以带给这位哥萨因家的男孩什么惊喜。

慢慢地，她长大了。慢慢地她开始发现自己。一种无法用言语表达的感觉流过她全身，像是满月时来自大海中央的潮汐。她看着自己，质疑着自己，可是找不到一个明白的答案。

每当满月的晚上，她会慢慢地打开门，悄悄潜出屋外。大自然在这满月的时候就像孤独的苏芭一样，低头看着沉睡的大地。她那强有力的青春在身体里跳动；欢喜与悲伤注满了她的身心；强烈的孤独感已经超越了她所能承受的极限。她的心沉甸甸的，而她又说不出话！在这片寂静的边缘，在被困扰的大地母亲身旁，站着这位被困扰的沉默的姑娘。

她的父母满心焦急，想着她的婚姻大事。人们开始责怪他们，甚至说起要赶他们一家走。巴尼坎塔是个有钱人；他们家每天吃两顿咖喱鱼；渐渐地他也树敌不少。随后女人们干涉进来了，巴尼也出了趟远门。过了些日子他回到家，说："我们必须搬去加尔各答了。"

他们准备好了去这个陌生的地方。苏芭心里盛满了泪水，像是被雾气打湿的黎明。这些天里她心中怀着隐约的恐惧，像只哑巴动物一样跟着她的父母。她睁着大大的眼睛，扫视他们的脸，仿佛想从中读懂什么。可是他们惜字如金。有天下午，当普拉塔普钓鱼时，他笑着说："苏，原来他们找到你的新郎了，原来你要出嫁啦！你可不要忘了我哦！"

然后他又专心地去钓鱼了。苏芭看着普拉塔普，像只惊慌的母鹿瞪着猎人的脸，在一片无声的愤怒中问他："我哪里得罪你了？"当巴尼坎塔小睡后醒来，在卧室抽烟时，苏芭跪到他脚边看着父亲，突然哭了起来。巴尼坎塔试着安慰她，而他自己的脸颊也被泪水打湿了。

他们一家决定在第二天搬去加尔各答。苏芭来到牛棚，和她童年的伙伴说再见。她用手喂它们吃东西；抱紧它们的脖子；凝视着它们的脸，她的双眼中不断流下泪水。那天夜晚是初十。苏芭离开她的房间，来到她亲爱的小河边，猛地扑倒在她长满青草的沙发上。她像是朝大地母亲伸开了双臂，她强壮、安静的母亲，并试着对她说："别让我离开你啊，妈妈。像我抱住你一样抱住我吧，紧紧地抱我。"

在加尔各答家中的一天，苏芭的母亲仔细装扮起了她。母亲束缚起她的头发，编起发辫，给她戴上各种饰物，尽可能地损毁了她自然的美丽，苏芭的双眼满含泪水。她的母亲害怕她会把眼睛哭肿，狠狠地斥责着她，可那些眼泪并不理会她的责骂。新郎带着一位朋友来查看新娘。她的父母仿佛是在等着这位上帝来挑选祭祀的牲畜，已经因为焦虑和恐惧而晕头晕脑了。在领她来到审查者那里之前，她的母亲在后面大声训斥，又增加了她一倍的泪水。那个男人仔细打量了她很久，评价道："还可以。"

他特别注意到了她的眼泪，心想她一定有一颗温柔的心。他在这一点上给她加了分，暗自琢磨着，今天她这颗为离开父母而难过的心，将会是一笔有用的财富。这孩子的眼泪如同牡蛎体内的珍珠，倒增加了她的价值，于是男人没有再说其他的话。

人们查了黄历，挑选一个吉日举行了婚礼。苏芭的父母把哑巴女儿嫁出去后，回了家。感谢上帝！他们总算保住了在这个世界和来世的种姓！新郎在西部工作，婚后不久他就带着自己的妻子去了那边。

还不到十天，所有人都知道了新娘是个哑巴！而至少，这不是她的错，因为她没有骗任何人。她的双眼告诉着人们一切，尽管没人能懂。她低头看着自己的双手，找不到任何语言；她想念那些熟悉的脸，她儿时的朋友们，他们能听懂一个哑巴女孩的语言。在她安静的内心里回响着绵绵不断的无声的哭泣，只有心灵的捕手才能听见。

这一次，她的主人眼耳并用，再次进行了仔细的检查，又娶了一位会说话的妻子。

她还活着吗/生或死

一

在拉尼哈的地主老爷萨拉达桑卡的房子里，有一位寡妇叫卡达比妮。她娘家的亲人已陆续过世，她住在死去丈夫的哥哥家中，举目无亲。这女人唯一的挚爱是主人的儿子小萨拉达桑卡。这孩子自出生就由婶婶卡达比妮抚养，因为他的母亲在生下他之后病了很久。有人说，当一个女人抚养别人的孩子时，她对孩子的爱会更加浓烈，因为这是一种不需要血缘来维系的、单纯的爱。这种爱无法被任何社会准则所证明，也无需被证明；它仅仅是以双倍的激情供奉着生活赐予的意外珍宝。于是，这寡妇将心中堆积的所有爱意都倾注到了她的小宝贝身上。有一天夜晚，卡达比妮突然死去。她的心跳莫名地停止了。当世界的各个角落都照常运转时，只有她那为爱所累、温柔娇小的胸膛中，时间的脚步戛然而止。

为了免受亡灵困扰，地主老爷命令四个婆罗门仆人匆匆抬走了死者，准备火化。拉尼哈的坟地在离村庄很远的地方，火场旁边是一所小棚屋，附近只有一棵大榕树。这儿的土地上曾经有河水流过，现在只剩下干涸的河道。有一段河道被挖成了水塘，成为火葬场地。人们对这条古老的河流十分敬畏，如今的水塘作为河流的一部分也变得神圣起来。

那四个仆人将死者抬入棚屋，坐下来等人送柴火。时间缓缓过去，有两个人不耐烦了，起身出门打探情况。走的是那泰和古鲁卡朗，剩下比度和巴拿马里守着尸体。

这是斯拉班月[①]的深夜，天上浓云密布，一颗星也看不到。那两个人静静地坐在漆黑的屋子里。他们的火柴和灯笼都没用了。火柴受了潮，怎么也点不着火，油灯也已燃尽。

在一阵长长的沉寂后，其中一个人说："兄弟，要是能有袋烟抽就好了。我们走得太急也没记得带来。"

另一个答道："我可以跑出去，带些东西回来。"

比度明白了为什么巴拿马里想要走开（有人说火葬场有孤魂出没，他准是害怕在这儿被鬼魂缠上），他说道："我敢说！过一会儿肯定就我一个人被扔在这里了！"

谈话又一次中止了。五分钟过去了，感觉就像一个小时那么

① 斯拉班月，孟加拉历，相当于公历七至八月。

长。他们俩在心中诅咒着另外两个开溜去找柴火的人,开始怀疑他们此时是不是正藏在某个舒服的角落里闲聊。他们四周除了水塘中青蛙和蟋蟀叫个不停,其他什么声音也没有。突然他俩感觉旁边的床似乎轻轻地动了,好像死者翻了个身。比度和巴拿马里吓得发抖,开始小声念叨:“罗摩,罗摩。”①屋子里传来一声深深的叹息。两个看守人立马跳起身来逃出棚屋,朝着村子的方向狂奔而去。

差不多跑了三英里,他们碰到了提着灯笼回来的另外两个人。他们的确是跑去抽烟了,也根本没弄明白柴火的事儿。但他们坚持说已经砍倒了一棵树,柴火劈好了就会马上送来。然后比度和巴拿马里告诉了他们棚屋里发生的事情。那泰和古鲁卡朗听了觉得荒唐可笑,转而生气地责备起比度和巴拿马里的失职。

这四个人立刻回到了棚屋。他们进门一看,尸体已经不见了,只留下一张空床。他们面面相觑,是被豺狼叼走了吗?可是周围没有一片衣服的碎片。他们走出去,看见棚屋门前堆积的泥浆上有一串女人的小脚印,崭新的脚印。

萨拉达桑卡老爷可不是傻子,不可能相信他们的鬼故事。因此在一阵讨论之后,四人决定了,回去最好的交待是尸体已经被火化了。

① 罗摩是印度教崇奉的神。

直到黎明时分，送柴火的人们才到。他们被告知来得太迟已经错过了火葬，好在棚屋里原本就有一些柴火，尸体就提前火化了。这说法没有引起任何怀疑，毕竟没人会偷走一具没有价值的死尸。

二

每个人都知道，生命常常是种隐秘的存在，即使毫无征兆，看起来死去的身体也可能复活。卡达比妮并没有死去；她的生命器官只是因为某种原因突然停止了运转。

当卡达比妮恢复知觉时，她发现自己被沉重的黑暗包围着。她意识到自己身处陌生的地方。她叫了声“嫂嫂”，可是黑暗中没有任何回应。当她惊恐地坐起身来，她记起了自己死去时候的床榻，胸口那阵突然的疼痛，以及开始窒息的感觉。当时她的嫂嫂在给孩子热牛奶，而卡达比妮一阵眩晕，倒在床上，用喘不过气的声音叫道：“嫂嫂，把孩子抱过来啊，我好难受。”之后一切都被黑暗吞没，就像墨水瓶被打翻在笔记本上。卡达比妮的记忆与意识，关于世界的一切感知，都在那一刻消散了。她记不清她的侄儿有没有用甜蜜的嗓音叫她最后一次“婶婶”；她记不清当她离开这世界奔赴未知的死亡之旅时，有没有收到一份人间情感的临别赠礼，以陪伴她走进那安静的死亡国度。我猜想，她一开始会认为这孤单的黑暗的所在是死神的住所,这里什么也看不到,什么也听不见,什么也做不了,只有永恒。不过当一阵阴冷潮湿的风吹进门,耳边传来蛙鸣声时,她在一瞬间清楚地记起了她短暂的一生,并可以感觉到自己与大地的联系了。随后在一道闪电下,她看见了外面的水塘,那颗榕树,那广袤的平原,和远方的树林。她想起自己曾经在满月的夜晚来这水塘里洗澡,那时火场上的尸体让死亡看起来多么可怕。

此时她首先想到的是回家。可是她再一思索:“我已经死了。我还怎么回家?那岂不是给家人带去灾难?我已经离开了生者的国度;我现在是我自己的鬼魂了!”她自问,如果不是这样的话,她怎么能走出萨拉达桑卡家看守严密的闺房,在午夜来到这遥远的火葬场呢?再说,如果是她的葬礼还未结束的话,那些准备火化她的人又去哪里了呢?她想起自己在萨拉达桑卡府中灯火通明的房子里死去的那一刻,而现在她只身一人站在这遥远、荒凉、黑暗的火葬地。她必定不再是这人间的一员了!她现在必定已成为一个充满恐惧和不祥的生物,她自己的鬼魂!

然而当她越走越远,她的双脚疲乏起来,身体也感到虚弱。脚下的平原似乎在无止境地伸展;间或有一片片的稻田;有时她都走进了及膝深的水中。

在黎明的曙光初现时,她听见一两只鸟从远处房子边的竹林里叫唤起来。她害怕了。她不知道自己如今与大地,与活着的人们应该是怎样的关系。只要她还在平原上，在火葬场上，被 Sraban 节的夜色覆盖，她便是她自己王国里的居民，毫不畏惧。而这白日里人们的居所让她不寒而栗。人类与鬼魂都害怕对方，因为他们各自的部族栖息在死亡之河截然不同的两岸。

三

她的衣服在泥水里皱成了一团；连夜的行走和胡思乱想让她看起来有些疯癫了；的确，她的样子就像个疯女人，见到她的人们也许会害怕，孩子们很可能会拿石块扔她或者逃走。幸运的是，第一眼看到她的是位旅人。他走上前问道："夫人，您看起来是个体面的人。你独自一人这身打扮，是要去哪里呀？"

卡达比妮已经无力思考，她静静地盯着他。她不相信自己与世界还有什么联系，她不相信自己看起来是个体面的人，也不相信这旅人在问她问题。

这人又说道："来吧，夫人，我会送您回家。告诉我你住在哪里。"

卡达比妮想了想。去她婆家不合适，而她又没有娘家了。这时她记起自己儿时的伙伴。她从少女时代就没再见过约格玛雅，不过她们之后一直有通信。偶尔这对朋友也会吵架，那也是因为卡达比妮竭力要表明她对约格玛雅的爱是无限的，而后者却抱怨卡达比妮没有回报足够的爱给自己。两人都坚信，如果她们见了面，一定会亲密无间。

于是卡达比妮对那人说：“我要去尼新达普尔的斯利帕提家里。”

旅人的目的地是卡尔库塔，尼新达普尔虽然不近，倒也顺路。他将卡达比妮带去了斯利帕提家中，让她再次见到了儿时的伙伴。一开始两个女人几乎无法认出对方，但渐渐地她们找到了彼此依稀熟悉的特征。

“多幸运啊！”约格玛雅说，“我做梦也想不到还能再见到你。可是姐姐你怎么会来呢？你婆家的人肯定不会让您出门的吧！”

卡达比妮沉默了一会儿，最后她说道：“好妹妹，别再问我的婆家了。收留我，让我做你们的用人。我会帮你料理家务的。”

“什么？”约格玛雅叫起来，“让你做用人？为什么，你可是我最好的朋友，你是我的……”她不住地表达着惊讶。

就在这时，斯利帕提进来了。卡达比妮盯着他看了一会儿，就慢慢地走了出去。她没有放下面纱，也没有丝毫的谦逊或尊敬。约格玛雅担心丈夫会对她的朋友产生偏见，便喋喋不休地解释起来。可是斯利帕提一向依着约格玛雅的话，他很快打断了妻子的解释，留下她独自忧心忡忡。

卡达比妮的到来并没有如愿促成亲密无间的友谊：死亡将她们分隔开来。只要她对自己的存在感到困惑，她就无法与他人亲近。卡达比妮常常看着约格玛雅，兀自沉思。她想着："她有自己的丈夫和工作，她的世界离我那么远。她与世上的人分享着情感与责任；而我是个空虚的影子。她活在生者的世界里；我却在死亡的永恒国度。"

约格玛雅同样很不安，但她说不出原委。女人们是不喜欢神秘感的，因为尽管这种不确定性可以调和诗歌、塑造英雄主义、增长学识，但在家务工作中却毫无用处。因此当一个女人无法理解一件事物时，她要么破坏并忘记它，要么改变它为自己所用；一旦这两种方法都失效时，她就会失去耐心了。卡达比妮越是心不在焉，约格玛雅就对她越没有耐心，好奇她到底为什么所苦恼。

后来新的危险又来了。卡达比妮开始害怕她自己；她也无法逃脱自己。那些害怕鬼魂的人都是害怕他们身后的东西，他们的视力所不及之处就是恐惧之源。可是卡达比妮主要的恐惧来自她自己，她害怕的是内在的东西。当夜晚过去，她独自在房间时，会尖叫；晚上她看到灯光下自己的影子，又会浑身发抖。看到她的恐惧，房子里的其他人也陷入了恐慌。仆人们和约格玛雅都开始看到鬼魂。

有一天午夜，卡达比妮哭着跑出她的卧室，在约格玛雅门外呜咽着："妹妹，妹妹，让我躺在你脚边把！别让我一个人呆着！"

约格玛雅的愤怒不亚于恐惧。她真想立刻把她赶出家门。而好脾气的斯利帕提在一番努力后，让他们的客人安静了下来，并把卡达比妮安置在隔壁的屋子里。

第二天，出乎斯利帕提的意料，他的妻子把他叫进房间，开始责备他："你呀，你还是个男人吗？一个女人跑出来她的婆家，来到你的房子里；一个月过去了，你都没有暗示她应该离开，我也没听到你一句抱怨。我看你这回怎么为自己辩解。你们男人都一样。"

男人这一群体，对于某些女性是有着自然的偏袒的。尽管斯利帕提开始安抚约格玛雅，并发誓说他对无助而美丽的卡达比妮的善意并无什么过分之处，但他无法用行动证明自己。他曾经认为卡达比妮的婆家人一定是亏待了这位寡妇，而她必是无法忍受了才逃到这里来的。这个女人又失去了自己的双亲，他怎么能赶她走呢？所以说，他就顺其自然了，也不想问太多问题让她难受。

而他的妻子却想尽其他办法去敲打她迟钝的丈夫，直到最后，为了息事宁人，他不得不给卡达比妮的婆家去了一封信。想到这封信可能带去些负面的影响，他决定去一趟拉尼哈，将事情交待清楚。

斯利帕提走了，而约格玛雅对卡达比妮说："朋友啊，看来你不能在这里久待了。大家会说闲话的。"

卡达比妮庄严地盯着约格玛雅，回答道："大家和我有什么关系？"

约格玛雅震惊了。她尖刻地说道："就算你和大家没有关系，可我们和他们是有关系的。别人家的媳妇住在我们家里，这让我们怎么解释啊？"

卡达比妮说："我婆家的房子在哪里呢？"

"你就胡搅蛮缠吧！"约格玛雅想着，"这个讨厌的女人还要说些什么呢？"

慢慢地，卡达比妮说："我和你们又有什么关系？我是人间的一员吗？你们开怀大笑，你们哭泣，你们相爱；每个人都守着他自己的财富；而我只是看着。你们是人，我是个影子。我不明白为什么上帝还让我待在你们的世界里。"

她的表情和话语看起来是那么奇特，约格玛雅甚至理解了其中一部分的意思。她没能赶她走，也问不出更多的问题，便心事重重地走开了。

四

斯利帕提从拉尼哈回来时，已经接近夜里十点钟了。地面被淹没在流淌的雨水里。那瓢泼大雨看起来永远不会停下，黑夜也似乎永远不会结束。

约格玛雅问："怎么样？"

"过会儿，我要说的有很多。"

斯利帕提一边说一边换了衣服，坐下吃过晚饭；然后他躺下来点燃一根烟。他心里充满了疑惑。

他的妻子在这段时间里克制着自己的好奇心，然后她来到他坐的沙发边，追问道："你听到了些什么？"

"很显然你犯了个错误。"

约格玛雅被惹火了。女人从来不犯错误的，即使错了，一个明理的男人也从不提及；他们最好是自己承担起责任。她猛地冒出一句："那我现在可以洗耳恭听了么？"

斯利帕提答道："你带进自家房子里的女人不是你的朋友卡达比妮。"

听到这句，尤其是从她丈夫口中说出这句，约格玛雅很是气愤。"什么！我不认识我自己的朋友？难道我还要你帮我来认识她！是啊，就你聪明！"

斯利帕提解释道，现在没必要为他的智力而争吵。他可以证实自己所说的话。他确信约格玛雅的朋友卡达比妮已经不在人世了。

妻子不信任自己的办事能力，这让斯利帕提很受伤。他拿出了各种证据，却没有结果。时间已是午夜，他们仍各执一词无法说服对方。尽管他们现在都认为应该让卡达比妮离开，尽管斯利帕提认为一直以来他们的客人在假扮熟人欺骗他妻子，而约格玛雅认为她就是个妓女，但当下的争执中夫妻俩都不愿意服输。他们的争吵声那么大，都忘记了卡达比妮就睡在他们隔壁。

一个说："这真是件麻烦事！我告诉你，我是亲耳听见的！"另一个怒道："我才不管这些呢，我是亲眼看见的。"

最后约格玛雅说："好吧。告诉我卡达比妮是什么时候死去的。"她想，如果她发现卡达比妮的死亡时间与她们曾经通信的时间有不吻合的地方，就可以证明斯利帕提的错误了。

他告诉她卡达比妮死去的时间，他们都发现了这正是她来到他们家的前一天。约格玛雅的心颤抖不已，连斯利帕提也怔住了。

就在那时门被吹开了；一阵潮湿的风窜进来，吹灭了灯笼。黑暗随着风涌进来，充斥了整个房子。卡达比妮站在房间里。已经快凌晨一点了，外面的雨声依然猛烈。

卡达比妮开口道："我的朋友，我是你的卡达比妮，可是我不再活着了。我是个死人。"

约格玛雅惊恐地尖叫起来；斯利帕提一句话也说不出来。

"可是，除了自己的死亡，我没有对你们做什么错事啊。我在活人中间无处可去，在死亡世界里也没有容身之地。啊！我究竟应该去哪儿啊？"

她失声痛哭，哭声似乎要惊醒雨夜中沉睡的造物主。她又问道："啊！我究竟应该去哪儿啊？"

说话间，卡达比妮离开了她昏厥在黑暗中的朋友，走进外面的世界，寻找着她的去处。

五

很难想象卡达比妮是怎样回到拉尼哈的。一开始她避着众人的视线,整个白天都躲在一所破庙里,忍饥挨饿。下午一场突降的大雨让天色变得漆黑,人们害怕风暴来临都躲进了屋子,这时候卡达比妮才继续上路。当眼前出现婆家的房子时,她的心颤抖起来;她蒙上厚厚的面纱进门时,守门的人把她当做仆人了,没有阻拦她。瓢泼大雨仍在继续,狂风呼啸而过,

女主人——萨拉达桑卡的妻子正在和她守寡的姐妹打牌。厨房里有个用人在忙碌着,那生病的孩子睡在卧室里。

卡达比妮没有引起任何人的注意,走进了卧室。我不知道她为什么要回到婆家;她自己也不知道;她只是一心想再看看她心爱的孩子。她都没想过下面要去哪儿,要做什么。

屋里灯光明亮,她看着那孩子的睡姿,他的小拳头紧握着,身子因为高烧而显得疲惫。一眼看到他,她的心里便燃起了渴望。她多想把那饱受折磨的小身子紧紧贴在胸前啊!很快地她想道:“我已经不在了。谁能看见呢?他的母亲喜欢有人做伴,喜欢聊天、打牌。一直以来她都是让我照看孩子,她自己无忧无虑,也一点不把儿子放在心上。谁还能像我一样照顾好他?”

孩子翻了个身,半醒着叫道:“婶婶,我要喝水。”她亲爱的宝

贝还没有忘记婶婶！在狂喜和激动中，她倒了一些水，抱起孩子喂给他。

只要男孩还在睡觉，他就不会因为那双熟悉的手而感到奇怪。可是当卡达比妮满足了她长久的渴望，亲吻了他，并摇晃着他要再次哄他入睡，孩子醒了。他抱住她。“婶婶，你是不是死了？”他问道。

“是的，宝贝。”

“那你又回来了？你别再死掉哦。”

她还没来得及回答，不幸就降临了。一个女仆端着一杯西米汁走进来看，吓得扔掉了手中的杯子，人也昏倒在地上。女主人听到响声，丢下牌走进卧室。她像截木头一样站在那儿，迈不动脚，也说不出话。看到这些，孩子被吓着了，迸发出哭声："走开吧，婶婶，"他说，"你走开吧！"

终于，卡达比妮明白了她其实没有死。这熟悉的房间，熟悉的物件，一样的孩子，一样的爱，全都活生生的，与她的联系从来没有改变。在朋友的房子里她感到儿时的伙伴已经不在了。而在这孩子的屋里她知道了男孩的“婶婶”根本没有死。她焦急地开口说："嫂嫂，你为什么怕我啊？你看，我还是原来的样子。"

她的嫂子再也支撑不住，晕了过去。萨拉达桑卡本人进来了。他紧握双手，哀求道："你这样做对吗？萨提斯是我唯一的儿子。你为什么要在他面前现身呢？我们不是你的亲人吗？自从你去世,他就日渐虚弱,不停地发烧;他日日夜夜都叫:‘婶婶,婶婶。’你已经不在了,就请断了与这世上的联系吧。我们会为你超度的。”

卡达比妮再也无法忍受。她说:“哦,我没有死,我没有死。哦,我怎么才能让你们相信我没有死呢?我还活着,还活着!”她捡起地上一个铜壶,砸向自己的额头。鲜血沿着她的眉毛流下来。“看哪!”她叫道,“我还活着!”萨拉达桑卡像个影子般立在那儿,孩子惊恐地叫着,两个昏厥的女人一动不动。

而卡达比妮,一边喊着“我没有死,我没有死”,一边跑下楼来到井边,纵身跳了进去。楼上的萨拉达桑卡听到了飞溅的水声。

大雨下了一整夜;到第二天的凌晨还没有停,到第二天的中午也没有停。卡达比妮死了,她用死亡证明了自己曾经还活着。

邮政局长

邮政局长的第一份工作在一个叫乌拉普尔的村庄里。尽管这是个小小的村子，附近却还有个工厂，工厂的主人是个英国人，他建立了这座邮局。

我们的邮政局长是加尔各答人。在这个偏远的村子里他感觉自己像条离了水的鱼。他的办公室和起居室都在茅草盖的房子里，不远处就是个碧绿的、黏糊糊的池塘，四周生长着茂密的植物。

附近工厂的工人们都是大忙人；此外，他们并不是体面人所青睐的伙伴，当然也不适合一个社交技巧娴熟的加尔各答少年。在陌生人面前他要么很高傲，要么局促不安。不管怎么说，这个邮政局长都没什么朋友；他也没多少事可做。

时不时地他也试着写上一两行诗。树叶的动态和天上的云彩已经足够让生活充满欢乐——他所表达的就是诸如此类的情感。可是，上帝知道，如果《一千零一夜》里面的某个精灵在某天晚上来到这里，席卷了这些树，这些叶子，和所有的一切，将他们变成铺满碎石的小路，并用一排排高大的房屋遮挡住云彩，那才会是这个可怜的家伙得到的新生般的礼物。

邮政局长拿着微薄的薪水。他得自己做饭，通常他都带村里的孤儿莱坦一起吃，这女孩在他手下做些杂活儿。每当村庄的牛棚里升起一卷卷的青烟（人们在牛棚里熏烟来驱蚊），每一从灌木里都传来知了的叫声；当包尔教的僧侣们在日常的聚会地唱起尖利的歌声，当任何观察着浓密竹林中树叶动态的诗人会感到后背一阵诡异的战栗时，邮政局长就会点起他的小灯笼，呼唤着“莱坦”。

这时莱坦会坐在外面等着被叫，然后并不马上进屋，而是回答道：“先生，你是在叫我吗？”

“你在做什么？”邮政局长会问。

“我得去把厨房的火点着。”她会这样回答。

然后邮政局长会说：“哦，一会儿再去厨房点火吧；先帮我点着烟斗。”

最后莱坦就会跑进来，鼓起腮帮吹着一块点着的炭，把火星吹进烟斗里。这时邮政局长便有机会和她聊天了。“恩，莱坦，”他可能会这样说，“你还记得你的母亲吗？”这是个有得聊的话题。莱坦只记得一部分事情。她对父亲的喜爱要超过母亲，因此对父亲的回忆也更加生动。他总是晚上下班时才回家，而有那么一两个晚上他的形象比其他人的都更为清晰，如同画面一样储存在莱坦的脑海里。她回想起曾经有一个小弟弟——在过去一个多云的日子里他俩在池塘边玩着钓鱼游戏，手拿一根树枝，假装那是根鱼竿。这样的小事情会带出她记忆里更复杂的事件。于是他们聊着聊着，常常天色就晚了，邮政局长就会懒得再做饭。莱坦便草草地生起火，拿些还没发酵的面包来烤。就着早餐时剩下的冷菜，也就足够他们晚上吃了。

有些晚上，在那空空的大屋子里，邮政局长坐在墙角的桌子旁边，也会回想起他的家乡，他的母亲和妹妹，回忆起那些让远离故土的他伤感的事物，——那些记忆总是挥之不去，他又不能和工厂里的人谈论，而在这个单纯的小女孩面前他发现自己总能很自然地大声讲述起这些往事。而且当这女孩提及他的家人时，也会称呼母亲，兄长，和妹妹，仿佛她早已和他们熟知一样。（家仆通常称呼男主人为父亲，女主人为母亲，称呼主人家的孩子为兄弟和姐妹。）事实上，在她小小的心中，他们家每个人都有一副完整的画像了。

有天中午下过雨后，吹来了一阵清凉柔软的风；潮湿的草地和树叶散发出的味道，像是烈日下疲倦的大地呼出的温暖气息。一只执著的小鸟整个下午都在不停地叫唤，像位大自然的观众重复着它的抱怨。

邮政局长无所事事。他看着被雨水冲洗过的树叶闪闪发亮，看着天边隐隐退去的积雨云，暗自想道："哦，如果附近能有个和我亲近的灵魂——如果有一个人能够和我心心相印，那该多好！"这正是他继续思索的，也是那只鸟儿想要说的，更是那些窸窣作响的叶子们努力要表达的。然而没有人知道，或是相信，一个拿着微薄薪水的乡下邮政局长会在他工作的间隙，在这深沉的，安静的中午生出这种想法。

邮政局长叹了口气，叫道："莱坦。"此时莱坦正趴在番石榴树下，忙着吃那些还未成熟的番石榴。听到主人的声音，她跑得上气不接下气，说道："你在叫我吗，哥哥？""我在想，"邮政局长说，"我来教你识字吧。"于是那天下午他开始教她字母表。

在很短的时间内，莱坦就已经学到了双辅音。

漫长的雨季看起来似乎没有尽头。运河，沟渠，洼地里的积水都满溢出来。雨水的滴答声和青蛙的呱呱声从早到晚响个不停。村里的路已经没法走了，人们都开始在船上做买卖。

一个阴云密布的早晨，邮政局长的小学生已经在门外等了很久，却没听到熟悉的呼唤她的声音，于是她拿起翻皱了的书，慢慢走进屋里。她发现主人张开四肢躺在破旧的小床上，以为他在睡觉，就准备踮起脚走开。可突然她听到了他叫自己的名字——"莱坦！"她马上转过身，问道："你在睡觉吗？哥哥？"邮政局长有气无力地说："我身体不舒服。摸下我的额头；是不是很烫？"

他被放逐到这儿，孤单又苦闷，再加上阴雨连绵，他虚弱的身体需要一点温馨的照料。他渴望回味起被一双柔软的手抚过额头的感觉，听到手镯丁当作响，他想象自己被女性的关爱包围着，在母亲与姐妹身边。于是这种放逐就没那么糟糕了。莱坦不再是个小女孩。她立刻就扮演起母亲的角色，叫来村里的医生，每天按时给这位病人喂药，整晚坐在他枕边，熬粥给他喝，时不时地还问一句："你觉得好些了吗，哥哥？"

过了好一阵子，邮政局长才拖着虚弱的身子离开了病榻。"不能再这样下去了，"他坚决地说。"我要申请调动。"他立马写信到加尔各答申请调离这里，理由是水土不服。莱坦完成了照看病人的任务，又回到她门外的老位置去了。可是她再也听不到熟悉的呼唤。有时候她偷偷地朝屋里看，会发现邮政局长坐在椅子上，或者仰面躺在小床上，心不在焉地盯着面前的空气。当莱坦等待对她的呼唤时，邮政局长在等待他申请的批复。女孩一遍又一遍地读着她学过的课程——她最害怕的是，什么时候她被叫了进去，却记不住双辅音了。一个星期过去了，终于有天晚上莱坦听见他在叫她。她满心欢喜地冲进屋子——"你在叫我吗，哥哥？"

邮政局长说："我明天就要走了，莱坦。"

"你要去哪儿，哥哥？"

"我要回家了。"

"你什么时候回来？"

"我不回来了。"

莱坦没有再发问。邮政局长却自作主张地继续告诉她，他申请调动的事情没被批准，所以他辞职了，准备回家乡。

很长一段时间，他们谁也没有说话。油灯里继续跳动着微弱的火光，屋顶的一处在漏水，水一滴一滴落进地上放着的一只泥瓦罐里。

过了一会儿莱坦站起来，转身去厨房准备晚餐；这次她却没有往日那样利索了。她小小的脑袋里冒出来许多新的想法。邮政局长吃完饭后，女孩突然问他："哥哥，你会带我去你的家吗？"

邮政局长笑了。"这怎么可能！"他说；可他觉得没有必要和小女孩解释这个想法有多荒唐。

整整一晚，在醒时在梦中，莱坦的脑海里都回响着邮政局长的笑声——"这怎么可能！"

早晨起来，邮政局长发现他的洗澡水已经备好了。他还坚持着在加尔各答的习惯，打水到水罐里洗澡，而不像村民们直接跳进河里去洗。不知为什么，女孩无法开口问他什么时候走，于是她在天亮前就早早去河边打好了水，这样他想多早洗澡都可以了。洗完后他叫来莱坦。她一言不发地进了屋，安静地看着她主人的脸，等他的吩咐。主人开口说："莱坦，我走了你不要担心；我会告诉我的继任者好好照顾你的。"毫无疑问，这些话本是好意，可是女人的心是怎么想的，谁也无法参透！

以前无论主人怎样责骂，莱坦都毫无怨言，可她却无法忍受这些善意的话。她嚎啕大哭，说道："不，不，你不需要跟任何人提起我；我根本不想呆在这里。"

邮政局长惊呆了。他从来没见过莱坦这个样子。

接任的人按时来到，邮政局长和他交接好了，准备离开。走之前他叫来莱坦，对她说："这些是给你的。希望能接济你一段时间。"他从口袋里掏出这些个月的工资，自己只留了一点零钱作路费。而莱坦倒在他脚边，哭道："哦哥哥，求你了，什么也别给我，别再为我费任何心了。"然后她便跑得没了影。

邮政局长叹了口气，拎起他的铺盖背包，把雨伞扛在肩上，后面跟着一个人提着他那五颜六色的锡铁箱子，他慢慢地走向船头。

他上了船，顺流而下，河流被雨水灌得满当当，仿佛悲戚的大地流下的一行泪水，这时他感到一阵心痛；一个乡村女孩悲伤的脸浮现在他面前，似乎象征着大地母亲本人那无法言语的巨大悲痛。他一时冲动地想回去，带上那个无家可归的、被世界遗弃了的小可怜和他一起走。可是他们正顺风航行，船也正好驶进汹涌的水流中，那村庄已经被远远地甩在后面，眼前只有村子边缘那燃烧的土地。

因此这位旅行者，心绪随着河水迅速地涌动，用哲学思维开始冷静地安慰自己，这世上无时无刻不上演着无数的相聚和别离——而当死亡来临，这种无法逃避的别离，更是一去不返的旅程。

可是莱坦不懂哲学。她正泪流满面地思念着邮政局长。在她心中的一角或许还潜伏着小小的希望，她的哥哥还会回来，所以她并不让自己离开。这愚蠢的人心是何等可笑啊！

纸牌王国

一

从前在大海的深处有一座孤独的岛屿，岛上住着纸牌王国里的K,Q,A和J。10和9，以及2和3，还有其他的成员，也在很早以前就定居在那儿，不过它们并不像宫廷纸牌那样高贵。

A,K和J是三个最高的阶级。第四阶级由其他低于他们的纸牌组成。2和3们处在最底层。这些下等人是永远不可以和伟大的宫廷纸牌们坐在同一排位置的。

这个岛国的规章和准则十分奇妙。在远古时代每个人所属的特定阶层就已经被设定。每个人都有自己的本职工作，而且从来不会做其他的事。无论他们走到哪里，都仿佛有一只无形的手在指引着他们——依照着那个国度的准则。

在纸牌王国里，没有人有机会去思考；没有人需要自己做决定；没有人需要对任何新主题发表争论。市民们都无声地沿着一条无精打采的轨迹行动。当他们跌倒时，他们不发出任何声音。他们躺倒在地上，然后每一个人以永远一本正经的面孔抬头看着天空。

在纸牌王国里有一种卓越的宁静。所有的人都对现实完全满意并满足。从来没有任何喧闹或暴力。从来没有任何兴奋或热情。

浩瀚的大海以连绵不断的旋律哼着摇篮曲，用成千上万的白色波浪轻轻拍打着这个小岛。无垠的天空则像只硕大的雌鸟展开了蔚蓝色的羽翼，稳稳地停歇在这个岛上。在远远的地平线上，一条深深的蓝色指引着另一处海岸。然而没有什么争吵或冲突的声音能够传到纸牌王国的岛上，打扰它的静静的休憩。

二

在海的那边，是个遥远的异域国度，那里住着一位年轻的王子与他悲伤的母亲。她是位失宠的皇后，与她唯一的儿子生活在海滨。王子的童年孤单而寂寞，他整日与处境凄凉的母亲相伴，憧憬着自己的伟大梦想。他渴望去寻找传说中的飞马，眼镜蛇头上的宝石，天堂的玫瑰，魔法大道，或者穿过七片大海，十三条河流去寻找那位沉睡在食人魔宫殿中的美丽公主。

在学校里，年轻的王子从商人的儿子那儿学到了很多关于国外的知识。从警长的儿子口中他听说了那两位神灯守护者的探险事迹。而当厚厚的云层堆积在天上,雨点纷纷落下时,他会坐在岸边,面朝着大海,对他悲伤的母亲说道:“妈妈,给我讲一个遥远地方的故事吧。”

这时候他的母亲就会讲起她自己童年时代无数次听过的那个故事,在大海之外有一个美妙的国度,那里有位美丽的公主。年轻的王子坐在岸边,朝大海的远处看去,雨水敲打着海面,天空被灰暗的云覆盖了,王子听着母亲那迷人的故事,心中充满了向往。

有一天,商人的儿子来找王子,雄心勃勃地说:“伙计,我的学业已经完成了。现在我要出发,去海上探险寻找我的财宝。我是来跟你告别的。”

王子说:“我要和你一起走。”

而警长的儿子也说:“伙计们,说真的,你们不能丢下我。我也要陪着你们一起。”

于是年轻的王子对他悲伤的母亲说:“妈妈,现在我要出发,去海上探险寻找我的财宝。当我回来的时候,我一定会找到办法消除你所有的悲伤。”

三位伙伴就这样一起出发了。商人的十二艘船已经停靠在港口,他们登上船。十二艘船顺着南风起航,与王子胸中的渴望一起飞快地驶向大海。

他们经过海螺岛，在一艘船上装满了海螺。到了檀香岛，又在第二艘船上装满了檀香木。在珊瑚岛上他们将第三艘船装满了珊瑚。

四年过去了，他们又装满了四艘船，一船象牙，一船麝香，一船丁香，还有一船肉豆蔻。

然而当这些船都满载着货物时，他们遇到了一场恐怖的风暴。那些装满了丁香、肉豆蔻、麝香、象牙、珊瑚、檀香木和海螺壳的船全都沉没了。只有三个伙伴的那艘船挣扎着漂到了一个岛边的礁石上，他们安全地上了岸，而船却撞成了碎片。

这就是那个著名的纸牌王国的岛屿，这里住着 A、K 和 Q、J，9、10 和其他的数字们——根据王国的准则。

三

到现在为止还没有什么打扰过这个小岛的清净。没有什么新鲜事发生。没有人发起过什么讨论。

而这时候，突然间就出现了三个人，他们被大海抛到了这里——于是一场大辩论开始了。争论主要围绕着三个方面。

首先，这三个陌生人应该属于哪个阶级？他们应该属于宫廷纸牌吗？或者他们只是身份低贱的人，应该和 10、9 们属于一级？之前并没有先例可以决定这个重要的问题。

第二，他们是哪个部族的呢？是肤色更白皙、面色红润的红桃，还是深色皮肤的梅花呢？关于这个问题的争论真是没完没了。小岛上整个周密复杂的婚姻系统都倚仗着这次调和。

第三，他们应该吃哪种食物？他们要跟谁一起居住，睡觉呢？而他们的头应该朝向西南，西北，还是东北？在整个纸牌王国，这一系列至关重要而危急的问题引发了史无前例的争论。

然而三个伙伴实在是饿极了。他们无论如何要弄点吃的。争论还在进行中，陷入无数的沉默和中断，而A们单独举行了会议，组成自己的委员会，试图在过时的条例中寻找到处理方法。这时候三个伙伴正狼吞虎咽着他们能找到的所有食物，并大口喝着任何容器里的饮品，打破了一个又一个规矩。

这时候连2和3们都被这种过分的行为震惊了。3们说："2兄弟们，这些人真是太无耻了！"2们说："3兄弟们，他们显然比我们还要低级！"填饱肚子后，三个伙伴开始在城中漫步。

当他们看到这些人排着阴沉的队伍，满脸庄重严肃，笨拙地前行着时，王子转向商人的儿子和警长的儿子，仰起头来，发出一阵响亮的大笑。

这阵前所未有的笑声沿着皇室大道，穿过A广场，回荡在J堤岸上，然后这声音仿佛被自己吓到了，终止在一片寂静的空白里。

警长的儿子和商人的儿子被鬼魂一般的寂静包围着，觉得凉气侵骨。他们转向王子，说道："伙计，我们还是走吧。这恐怖的鬼城我们一刻也不要停留了。"

可是王子说："朋友们，这里的居民和人类很像，因此我要弄清楚，我要把他们从头翻到脚，从里翻到外，看看他们的血管里还有没有一滴温暖的鲜血。"

四

日子一天一天过去，岛上的生活依旧平静，没有一丝涟漪。三个伙伴什么规矩也不守。无论是坐着、站着，或是原地转圈，或是躺下，他们从没做对过。相反，只要他们看到有人一举一动都严守规则时，便放肆地大笑。他们对这些永恒的准则完全保持着免疫。

有一天尊贵的宫廷纸牌们来到他们三人面前。

"为什么，"他们缓慢地问道，"为什么你们不按照准则做事？"

那三个人回答："因为那是我们的'意愿'。"

宫廷纸牌们仿佛从漫长的睡梦中慢慢醒来，用沉闷、空洞的声音齐声问道："'意愿'！那么谁是'意愿'？"

他们这会儿并不理解谁是"意愿"，可是逐渐地整个岛上的人都明白了。通过观察王子的行动，他们发现自己可以沿着直线走起和以前完全相反的方向，于是第一缕启蒙之光降临到他们的脑海中。随后他们又有了惊人的发现，他们之前从未注意到纸牌们还有另外一面。这便是改变的开始。

五

到目前为止，那些黑桃、梅花、方块、红桃的Q们还呆在窗帘后面，她们空空地凝视着外面，或是盯着地面。

而现在，突然之间，在一个春天的下午，阳台上的红桃Q在一瞬间扬起了她深色的眉毛，从眼角向王子抛出了一个眼神。

“哦天哪，”王子叫道：“我本来以为她们都是些画像。可是我错了。她们终究是女人啊。”

随后年轻的王子把两位同伴叫到身边，若有所思地说：“我的伙伴们！我以前从未注意到这些夫人们的魅力。当Q用她深黑明亮的眼睛向我投来深情而闪亮的一瞥时，我仿佛看到了一个全新世界诞生的第一缕曙光。”

那两位伙伴理解地笑笑，说：“真是那样的吗，王子？”

而从那天起，那位可怜的红桃Q就表现得越来越糟糕。她开始忘记了一切规则，犯起可耻的错误。比如说，她的位置本应在J的旁边，可是有时突然她就发现自己站在了王子的身边。每当这时，J就会用他没有表情的脸和庄严的声音提醒道：“Q，你犯错了。”

而可怜的红桃Q的双颊会变得无比通红。不过王子总会勇敢地来到她身边解围说:“不!没错啊。从今天开始我就是J了!”

现在的情况已经发展到,当每个人都在试着纠正红桃Q的不得体行为时,他们自己也开始犯错了。A们发现自己被K们往外挤。K们和J们混作一堆。9和10们假想着他们也属于高贵的宫廷纸牌。2和3们则偷偷地占领了4和5的位置,惹得他们很不高兴。出现的混乱是以前从没有过的。

这个纸牌王国曾经度过无数个春天。春天的鸟儿年复一年地唱着它的小曲。可它从未像现在这样引起一片热血沸腾。过去的许多日子里,大海都哼着它不知疲倦的旋律。而那时候它所重复的仅仅是那不可变更的单调的准则。突然之间,海上的波浪就通过它们闪烁的光影和重叠的声响,开始讲述那发自内心深处的对爱的渴望!

六

原来那些庄严的、圆乎乎的、整齐、满足的特征现在都消失去哪里了呢?如今出现了一张充满了相思之情的脸,一颗因为悔恨而炽热的心,一个饱受怀疑折磨的紧张的大脑。空气中充满了音乐和叹息,微笑和眼泪。悸动的生命;破碎的心;燃烧的激情。

现在所有的人都在想着他们自己的表现,并和其他人比较。

方块A默默地想着，可能黑桃K的长相仅仅是过得去而已。“可是，”他说，“当我走过大街时，你看看人们的眼光都转到了我身上。”黑桃K自言自语道：“方块A那个家伙到底为啥总是像只孔雀一样，拉长脖子昂首挺胸地走路？他还妄想着所有的Q都爱上他了，而事实却是——”这时他停下来，在镜子里端详起自己的脸。

而最糟糕的就是那些Q了。她们开始利用所有的时间来盛装打扮。绝望的9们则成了她们不幸的奴隶。然而最最让人吃惊的还是她们对彼此的刻薄言语。

于是年轻人会无精打采地坐在大树的枝叶下面，在阴凉处懒洋洋地伸展四肢。年轻姑娘们穿着淡蓝色的长袍，很偶然地走到同一棵大树下，同一块树荫处，然后左顾右盼，装作谁也没看见，装作她们出门来并不是为了看什么人的。然后年轻人中最勇敢的一位就会在一阵狂热中斗胆走近那穿蓝衣的姑娘。可是，当他走近时，会一时语塞。他会站在那里，舌头打结，一副蠢样，以至于错过了最好的时机。

春天的鸟儿们在头顶的树枝上歌唱。调皮的南风徐徐吹来，弄乱了发丝，在人的耳边低语，让血液沸腾。树上的枝叶都在愉快地沙沙作响。而大海不绝的声响使所有男女心中隐秘的渴望在爱的春潮中来回涌动。

这三位伙伴给纸牌王国干涸的道路中带来了新生的洪流。

七

尽管这股洪流饱满而充沛，它还是停顿下来，仿佛那冲上来的水流不会碎成泡沫，而是永远地停留在那儿。没有人坦率地表露心声，只有谨慎的小步前进和双倍的退缩。仿佛所有人都在忙着堆砌他们无法实现的梦想，像空中楼阁，或是沙滩上的堡垒。他们脸色苍白，沉默不语，他们的眼睛在燃烧，他们的双唇因无法言说的秘密而颤抖。

王子看到了问题出在哪里。他召集来岛上的所有人，说道："把长笛和铜钹，管乐和锣鼓都带到这里来吧。让它们一同演奏，发出狂喜的声响。因为今天晚上，红桃 Q 将要挑选她的驸马！"

于是 10 和 9 们吹起长笛与小管；8 和 7 们奏起竖琴和提琴；连 2 和 3 们也开始疯狂地敲起鼓来。

当这阵猛烈而喧哗的音乐响起时，所有的叹息和抑郁都一下子被卷走了。随后滚滚而来的是多么欢快的大笑和言语啊！这时出现了勇敢的表白和果断的拒绝，有了绯闻和私语，有了玩笑和欢乐。这就像在夏日的狂风中，来自原始森林深处的千百万绿叶和枝丫随风摇摆、颤抖，发出沙沙的、哗啦啦的响声。

可是身穿玫红色长袍的红桃 Q 却静静地坐在她秘密的树荫下，听着飘向她的那些嘈杂的音乐声和欢笑声。她闭上双眼，幻想起传说中的美梦。当她睁开眼时发现王子正席地坐在面前，抬头凝视着她的脸。她用双手捂住了眼睛，颤抖着退缩了，心中满是凌乱的欢喜。

王子沿着波涛汹涌的海岸漫步，独自一人度过了一整天。他的脑海里全是Q那受惊的表情，退缩的身姿，他期待的心猛烈跳动着。

那天晚上，年轻的小伙子和姑娘们穿着鲜艳的服装，面带微笑聚集在宫殿的大门前。梦幻般的灯饰和春天的花朵将宫廷点缀得光彩夺目。红桃Q缓缓走进来，整个人群都起身朝她行礼。她手捧茉莉花环，站在王子面前，垂下眼帘。她是那样羞怯，几乎无力将花环举起，给她挑选的夫婿戴上。可是王子弯下头，让花环正好滑下他的脖颈。此时聚集在这里的年轻人和姑娘们都屏住呼吸，焦急地等待着她的选择。当花环落下时，狂欢的呼声震动了整个大厅。他们的呼喊声传到了小岛的每一个角落，甚至海上的船只也能听见。纸牌王国从来没有发出过这样大的呼喊。

随后王子和他的新娘被送到了宝座上，此时此地，古老的纸牌王国为他们加冕。

而在海的那一边一个遥远的小岛上，那位悲伤的皇后已坐上了一艘镀金的船，驶向她儿子的新国度。

从这以后，这里的人民再也不用被准则束缚，无论好坏，抑或二者兼有，他们都依着自己的意愿行事。

骷髅

小时候我曾和几个男孩同住一间屋子，就在隔壁房间里，挂着一具人体骨骼。每到晚上，骨头会在夜风的撩拨下沙沙作响。白天它又在我们的手下簌簌抖动。由于我们的监护人们立志要把大家培养成通晓各个学科的专家，他们请了一位坎贝尔医学院的学生来教我们骨骼学。至于家长们的心愿是否达成，我们就没必要告诉认识我们的人了；最好也不告诉不认识我们的人。

那已经是许多年前的事了。在这期间房间里那具骨骼已不见踪影，而骨骼学，也从我们的脑海里彻底消失了痕迹。

在过去的某一天，我们的房子里来了很多客人，于是我只能去那间老屋子过夜。那会儿我已经不习惯周围的环境了，一直无法入睡。我翻来覆去，直听见附近教堂里整点的钟声一次接着一次响起。终于，屋角的油灯冒着黑烟，吱吱响着熄灭了。最近家中有好几位亲友去世，因此熄灭的油灯让我联想起了死亡。我想，在自然的舞台上，我们渺小人类的生命之光随时都可能熄灭，这和一盏燃尽的油灯消逝在永恒的黑暗里，并无什么两样。

我的思想开着火车，很快回到学习骨骼学的时光。正当我想象那具骨骼曾经会有着怎样一个躯体时，我突然感到有什么东西在床边走动，并沿着墙壁摸索。我能听见它急促的呼吸。它仿佛在寻找什么，一直没有找到，并在屋里焦急地走动。我很肯定这只是我因为失眠和兴奋而产生的想象；耳边的跑动声不过是我自己胸腔中血管的跳动而已。然而，我浑身战栗，打了个冷战。为了摆脱这幻觉，我大声叫道："谁在那里？"脚步声似乎在我身边停下了，传来一声回答："是我。我是来找我的那具骨骼的。"

如果在我自己想象出的生物面前表现出丝毫恐惧，那该多么荒唐；于是，我紧紧攥住枕头边，以漫不经心的口气说："这么晚了，真是个好活计啊！现在你要那具骨骼有什么用呢？"

仿佛从我的蚊帐里，传来回应的声音："这是什么问题啊！在那具骨骼里是包裹我心脏的骨头呀；我二十六年的青春在这里如鲜花绽放。难道我不该想着再看它一眼吗？"

"那当然，"我说，"非常合理的愿望。好吧，你继续找吧，而我要小睡一会儿了。"

那声音说："不过我想你很孤单吧。那好，我可以在这坐一会儿，我们聊聊天吧。很多年前我曾经坐在男人们身边，和他们聊天。可是最近三十五年我只在火葬场的阴风中呻吟。我想和往日一样再次和一位男士聊天。"

我感到有人在我床帘边坐下了。为了适应这情况，我尽可能振作精神答道:“那真是再好不过了。让我们说说开心的事吧。”

“我能想到的最好玩的事情就是我自己的人生了。我讲给你听吧。”

教堂的钟声敲响了凌晨两点。

“当我还活在人世间,青春年少时,我像害怕死亡一样,害怕我的丈夫。我的感觉只能用被鱼钩勾住的鱼儿来形容。那就像一个陌生人用最尖利的鱼钩把我从童年的平静家园里拖走——而我无法逃脱。结婚两个月后我的丈夫就死了,我的朋友和亲戚们都为我的不幸而悲叹。我丈夫的父亲,他细细端详了我的脸,然后对我婆婆说:‘你没看见吗,她长着一双邪恶的眼睛!’——哎,你在听吗?我希望你能喜欢这个故事。”

“我很喜欢啊!”我说,“故事的开头很幽默。”

“让我继续把。我欢天喜地地回到我父亲的家中。尽管周围的人竭力隐瞒,但我自己知道我与众不同、天生丽质。你觉得呢?”

“很可能吧,”我咕哝道,“可是你要知道我从来没见过你啊。”

“什么?没见过我?那你也没见过我的骨骼吗?哈哈哈!没关系。我开个玩笑。我怎能让你相信,在那两个空空的眼窝里,曾经有双明亮乌黑、含情脉脉的大眼睛?那双鲜嫩的红唇曾经勾起的笑容,又怎能和你们曾经看到的两排裸露的牙齿相联系?当我尝试着向你表达我年轻时那股优雅、迷人的气息,柔软、紧致的线条，如花的笑靥曾经绽放在这副干枯老朽的骨骼里，我自己都会发笑；我也因此生气。在我的时代，最德高望重的医生也无法妄想拿我的身体骨骼来做骨骼学的教具。你知道吗，我认识的一位年轻医生，他甚至把我比作金色的兰花。这意味着对他来说，其他人只配做生理学的案例，然而我却是美的化身。还有什么人会把一具骨骼当作金色的兰花？

“当我行走时，我感到自己像一颗钻石散发出光彩，我的举手投足都在四周激荡出美的光波。我曾经数小时凝视自己的双手——一个优雅的手势就可以让最热血的男性为我臣服。

“可是我那具荒凉而呆板的老骨头让你对我有了最错误的印象，让我都无法辩驳这无耻的中伤。这就是为什么在所有的男人中我最恨你！我真恨不得让你看一眼我那温暖的、玫瑰般美妙的躯体，让你眼中的困意彻底消失，并扫去充满你脑海里的那可鄙的骷髅形象。”

“那我肯定会被你的躯体迷惑住的，”我叫道，“如果你仍有着那副躯体，那我脑中将不再有一丝骨骼学的存留，而定会充满你完美可爱的形象，在黑夜中熠熠生辉。我无法用再多的言语形容了。”

“我没有女性朋友，”那声音继续道，“我唯一的哥哥决心终身不娶。我总是独自一人呆在闺房中。我曾经孤独地坐在花园的树荫下，梦想着全世界都爱上了我；天上的星星不眠不休地啜饮着我的美丽；风儿怀着满心渴望，总找这样或那样的借口与我擦身而过；而当我落脚在草坪上时，如果草地有感觉，它也必定会为触碰到我而幸福地晕眩过去。在我看来全世界的男子都好比我脚边的草叶；可是不知道为什么，我的内心却变得伤感。

“当我哥哥的朋友，舍卡尔，从医学院毕业后，他成了我们的家庭医生。之前我常常从窗帘后面看到他。我的哥哥性格古怪，他从来不在乎外界的状态。对他来说社会太过拥挤了；因此他渐渐地远离了世俗，直到躲进隐蔽的角落。舍卡尔是他唯一的朋友，因此他也是我唯一能够见到的年轻男子。当我在自己的花园里准备晚餐时，我想象中的拜倒在我脚下的男性客人们就像一个个舍卡尔。——你还在听吗？你在想什么？”

我叹着气回答说：“我多想我就是舍卡尔呀。”

“等一等。先听完整个的故事吧。有一天，我淋了雨，有些发烧。医生过来看我。那时我们第一次正式见面。我面对着窗户躺下，好让烟粉色的晚霞能调和一下我苍白的脸色。当医生进来，抬头看我时，我想象着站在他的位置来端详我自己。我看见在绚丽的晚霞中，一张精致而苍白的脸庞仿佛疲倦的花朵低垂在柔软洁白的枕头上，几缕卷发随意搭在额前，因羞怯而垂下的眼睑给整张脸增添了楚楚可怜的气息。

“医生以害羞的低沉嗓音问我哥哥：‘我可以测一下她的脉搏吗？’

“我从被单下伸出一只无力的、浑圆的手臂。‘啊！’当我看着它时，不由心想，‘这上面要是戴着一只青玉手镯就好了。’[①]我从未见过一个医生给病人把脉时会这样笨拙。他量过了我的体温，我也测出了他的心跳。——你相信我的话吗？”

“很简单，”我说，“人类的心跳已经会说明一切。”

“在我几次生病又恢复健康之后，我发现参加我想象中晚宴的追慕者逐渐减少了，少到只剩下了一个人！最终在我的小小世界里，只剩下一位医生和一个病人。

“在那些夜晚，我曾经偷偷地穿上金色的纱丽；我编织了一个白茉莉花的花环戴在头上；手拿一面小镜子去我经常坐的树下。

“唉！你可能会觉得，一个人对自己的欣赏会渐渐趋于疲惫吧？啊不！因为我并没有用自己的双眼来看自己。我是一个人，也是两个人。我曾经从医生的角度来看我自己；我凝视着自己，被深深迷住，我陷入了疯狂的爱情。尽管我给了自己那么多抚慰，可我心中总是飘出一声叹息，像晚风一般悲叹着。

“不管怎样，从那以后我再也不孤单了。当我走路时，我垂眼看着我的优雅的小脚趾在地面上嬉戏，想着如果医生也在，不知他看到了这一幕会是怎样的感觉。中午时烈日当空，除了远处时而传来过往鸟儿的叫声，大地寂静无比。在我们花园的墙外，路

① 印度的寡妇只能穿白色衣服，不许戴任何首饰珠宝。

过的小贩用唱歌一样的调子叫着‘卖镯子了，水晶脚镯——’而我，会在草地上铺起一块雪白的床单，我躺在那儿，头枕着胳膊。我有意地让另一只胳膊轻轻搭在柔软的毯子上，然后兀自想象着有人会窥见我这样美妙的姿势，有人会用双手紧握我的手，并在玫瑰色的手心上印上一吻，然后慢慢走远。——如果我的故事就在这里结束了呢？这怎么样？”

“是个不差的结局，”我若有所思地回答，“当然有些不完整，但我完全可以用今夜剩下的时间来给它补上结尾。”

“可是那样的话故事就太严肃了。哪里来的有趣呢？骷髅那两排咧开大笑的牙齿在哪里呢？

“那么让我继续把。医生积攒了一些从业经验后，就在我们家的一楼租了间屋子作听诊室。那会儿我曾经开玩笑地问他医药和毒药的知识，比如说某种药物用多少剂量可以杀死一个人。这样的话题很适合他，让他可以更加滔滔不绝。这些谈话让我熟悉了死亡的概念；于是爱与死成了我小小世界里唯一的两样东西。我的故事这就快到头了——没剩多少了。”

“夜晚也不剩多少时间了。”我喃喃道。

“过了一阵子我注意到医生开始心不在焉，好像他要瞒着我什么事情，并且为此很羞愧。有一天他走进来，穿着讲究，借了我哥哥的马车说要晚上用。

“我太好奇了，于是跑去哥哥那儿打听消息。我绕了些弯子，

最后才开口问他：‘对了，哥哥，今晚医生驾着你的马车要去哪里啊？’

“哥哥简短地回答道：‘去死神那儿。’

“‘哦，告诉我吧，’我央求道，‘他到底要去哪里？’

“‘去结婚。’他说得更明白些了。

“‘哦，是这样！’我说，发出一长串大笑。

“我慢慢知道了新娘是位富有的继承人，可以为医生带来一大笔财富。可他为什么瞒着我，侮辱我呢？我什么时候求过他不要结婚，因为那样我会心碎呢？男人们不值得信任。我一生只认识他这一个男人，而在那一刻我发现了这个真理。

“当医生下班回来，准备出发时，我笑得花枝乱颤，对他说：‘哎，医生，那么你今晚就要结婚了？’

“我的欢乐不仅让医生变了脸色，更是完全搅乱了他。

“‘为什么会这样，’我继续道，‘没有张灯结彩，也没有礼乐喧天？’

“他叹着气回答：‘难道结婚是如此快乐的一件事吗？’

“我又爆发出一串大笑。‘不，不，’我说，‘这可绝对不行。有谁的婚礼上没有烛光和礼乐的呢？’

“为此我使了浑身解数求我的哥哥，让他立马找来色彩鲜艳的婚礼装饰。

“从头到尾我都在开心地谈论着新娘，当她来家里时会发生什么，我会怎样做。‘还有，医生，’我问，‘你还会继续为我把脉吗？’哈哈哈！尽管人类的内心，尤其是男人的内心不见天日，可我仍然可以发誓，我的这些话像致命的飞镖扎进了医生的心口。

“婚礼即将在下半夜举行。出发前，医生和我的哥哥要像往日一样，在阳台上一起喝一杯。月亮才刚刚升起。

“我笑着走上去，说：‘你忘了自己的婚礼吗，医生？该出发了。’

“这里我必须告诉你一件小事。那时我已经去医务室拿了一些药粉，并瞅了一个方便的机会悄悄洒进医生的酒杯里。

“那医生，他把酒一饮而尽，嗓音因激动而沙哑了，他看着我，直看到我的心里，说：‘那我要走了。’

“乐鼓声轰然响起。我走进自己的房间，穿上我金色的丝绸嫁衣。我从保险箱里拿出我所有的珠宝和首饰，戴在身上；我在头发的中分处涂上代表人妻的鲜红朱砂。然后我走到花园的树下准备我的床铺。

“那是个美丽的夜晚。温柔的南风吹走了世界的倦意。花园里充满着茉莉花和树叶的芳香。

“当婚礼的乐声在我耳边慢慢远去；当月光在我眼中渐渐模糊；当联结着家与亲人的世界从我的感知中如幻影一般消逝；——然后我闭上双眼，微笑了。

“我想象着当人们发现我时，他们会看到留在我嘴唇上的微笑，如同红葡萄酒的痕迹，而当我慢慢地进入去我永恒的闺房时，我会带着这份笑容，让它点亮我的脸。然而，什么新娘的闺房阿！什么金色的丝绸嫁衣啊！当我在体内一阵沙沙的声响中醒来时，我发现三个毛头小子在我的骷髅上学习骨骼学。就在我曾经跳动着喜悦与悲伤的胸腔中，在我青春的花瓣一层层开放的地方，那位拿着教学棒的医师正忙着给我的每根骨头命名。至于我最后的微笑，我曾那么小心排演过的微笑，你看到了它的一丝痕迹吗？

“好了，好了，你喜欢这个故事吗？”

“真是个有趣的故事。”我说。

此刻第一次鸡开始报晓了。“你还在吗？”我问道。没有人回答。

晨光透进了房间。